光文社文庫

長い廊下がある家

新装版

有栖川有栖

光 文 社

Contents

長い廊下がある家

1

水は必ず高きより低きへ、川は山から海へと流れる。それは動かぬ事実だ。だからといって、山で迷った時は川に沿って下ればよいというものではなく、むしろ遭難の危険につながる。

日比野浩光《ひびのひろみつ》はそれを知らなかった。よかれと思って渓流をたどっていくうちに、巨岩がごろごろと転がった岩場にぶつかり、立ち往生してしまう。いっそのこと膝まで水に浸かり、川の中を歩いて進もうかとも思ったが、流れが速くてままならない。両側は高い懸崖《けんがい》で、見上げると深緑がのしかかってくるようだ。

やむなく川上へ二百メートルほど引き返したところで、杣道《そまみち》らしきものを見つけ、汗だくになりながら急な斜面をよじ登った。闇雲に歩き回って体力を消耗したので、枝振りのいい樫《かし》にもたれて座り込み、休憩をとることにする。まずは眼鏡をはずし、タオルで顔を拭った。

地図を広げ、現在位置を確かめる気にもならない。どこをどう歩いてきたのか、とっくに見当がつかなくなっていた。携帯電話でインターネットに接続し、GPS機能に頼ろうとしたが、それも駄目。自然遊歩道しか地図に描かれておらず、まるで役に立たない。

「アイム・ロスト……」

弱々しい声を洩《も》らした。

山奥で迷ってしまった。携帯電話の画面には18:15の表示が出ており、ほどなく日が沈む。それでもさして不安を感じなかったのは、残暑厳しい九月初旬であり、彼が生来、呑気《のんき》で楽観的な性格だったからだ。リュックには愛用の寝袋が入っている。いざとなれば、ワイルドな野宿を楽しめばいい。曇天だが、天気予報による降水確率はゼロパーセントだった。

とはいえ、諦めるのは早すぎる。ここは京都府綾部《あやべ》市の北東十キロから十二キロ地点のはずで、深山だがアマゾンの奥地ではない。先ほどは川をたどって失敗したが、この隘路《あいろ》をどんどん歩いていけば、いずれは麓《ふもと》に通じる道に出るだろう。あたりが完全な闇に包まれるまで、まだ一時間近くあるのではないか。二十歳の青年にとっては野宿も愉快な経験になるだろうが、できるものなら避けたいし、この地を訪れた目的に着手する前にへばってしまっては何にもならない。

ペットボトルの水で喉を潤《うるお》して立ち上がった。道が延びている方へ歩きだす。へっちゃらだ、と自分を鼓舞《こぶ》するつもりもないのに、自然に鼻歌が出た。聞く者がいないのを幸いに、それはやがて大声での放歌に変わっていった。

歩くこと三十分。日が落ち、夕闇が湧いてくると、俄然と心細くなる。楽天家の青年は、都会育ちだった。中学生の頃、家族でしばしばアウトドア・レジャーを楽しんだが、それは電気ガス水道を完備したキャンプ場でのこと。自然の真《ま》っ只中《ただなか》で一夜を過ごす自信がなくなってきたのだ。

「あかん。ちょーっとやばいかも」

歌は出ず、独り言が多くなった。歩くペースを速めたせいで、気温が下がっているのに汗が首筋まで伝い、息が乱れる。午後三時から歩きづめだったせいで、太股《ふともも》に張りを感じるようになっていた。

上ったり下ったりを繰り返し、コンパスの針は様々に指す方向を変えた。集落の灯《ひ》を遠くに望んだことはあるが、そこへ降りるルートは見つからず、色をなくした山中をさまよう。そろそろ覚悟を決めようか、と思ったところで、やっと舗装された道路にぶつかった。さらに行くと、視界が開けて人家が見えてくる。

人間界に戻れた、と喜んだのも束の間。こちらに二軒、あちらに三軒とちらばった瓦屋根の家は、どれも打ち捨てられた風情《ふぜい》だった。明かりの灯《とも》った窓はなく、人の気配もしない。かつての田畑は薄《すすき》の原となっている。廃村なのだ。

とんだ期待はずれだったが、現在位置を知る手掛かりになりそうだ。地図を改めて広げ、指先でたどってこの集落らしきものを探した。日ノ下《ひのした》……中杉《なかすぎ》……鎌石《かまいし》……。いくつか候補が見つかるが、どれとも特定しかねる。結局、迷子の身から脱却することはできなかった。

過疎のために住民が高齢化して六十五歳以上が半数を超え、共同体の機能維持が困難になりかけている村を限界集落と呼ぶ。大学で地域社会学を専攻する彼は、限界集落における私権意識を卒業論文のテーマにしようと考えていた。夏休みにリュックを担いで山奥まで踏み入ったのは、その下調べのためだ。軽いフィールドワークを試みようとして、こんな憂《う》き目にあっている。

そんな彼も、捨てられた村を目《ま》の当たりにしたのは初めてだった。日暮れて迷い込んだのも何かの縁、とばかりにカメラをかまえたが、いかんせん暗くなりすぎている。何枚か撮ってはみたものの、ろくに写っていなかった。

扉が半開きになっている家もある。覗《のぞ》いてみたが、中は真っ暗だ。外から家の傷み具合を観察したところ、人が消えて五、六年というところか。生活の匂いはもう残っていなかった。

荒れ方がましな家に上がり込んで泊まるのはどうか？　いや、あまり気持ちのいいものではない。屋内には淀《よど》んだ空気が溜《た》まり、畳は湿気でぶよぶよになっているだろう。そんなところで横になるより、星空を仰いで寝る方がいいように思えた。

腹が鳴った。山に分け入る前にコンビニで買った弁当は正午過ぎに食べてしまったので、残っているのはチューブ入りのゼリー飲料だけだ。栄養補給はできたが、空腹感は解消しない。おにぎりも買えばよかった。

村のはずれに頑固な爺さんが留《とど》まっていないとも限らないので、もう少し歩いてみることにする。道さえ聞ければ、下山する時間があるだろう。小さな町まで出られたら宿があるかもしれない。

廃屋を眺めながら村を過ぎた。昨日が満月だったから、十六夜《いざよい》の月だ。その光で道を照らしてもらいたいが、丸い月はすっかり雲に隠れている。足許《あしもと》が危なくなってきたら、懐中電灯をリュックから出さなくてはならない。

道がYの字に分かれた。運試しをされているかのようだ。直感で右を選んだが、気がつくと上り坂になっていた。間違った選択をしたようだ。引き返して左に行くと、これまたいつしか上り坂である。舌打ちを一つして、かまわずに進んだ。

八時近くになり、いよいよ野宿の覚悟をした時だ。木立《こだち》の間、視線を落としたあたりに四角い光が現われた。窓の明かりだ。人家のシルエットがぼんやりと見えたので、「おお」と声が出た。

ただ困ったことに、どうすればそこに行き着けるのかが判らない。道を探すのも面倒だ。斜面がなだらかだったので、隈笹《くまざさ》の茂みを掻《か》き分け、そろそろと降りていった。

狐や狸が化けているのではあるまいな、と古風なことを思ったが、確かに人の住む家だ。

傍《かたわ》らには白っぽいミニバンが駐《と》まっている。ただ、暗い中にもかなり荒れているのが窺《うかが》え、頑固爺さんの家にしても異様だ。警戒心と好奇心が同時に湧き起こった。

家の裏手に出たので正面に回ってみると、扉はわずかに開いていて、中から男の声が聞こえてくる。「遅いですね。八時を過ぎましたよ」などと話し、「仕事をすっぽかすことはないだろうけれど」と女が応じた。盗み聞きをするつもりはなかったが、声をかけるタイミングを掴みそこねてしまい、しばし中のやりとりに耳を傾ける。

「現地集合だと、時々こういうことがあるの。よその雑誌の仕事で経験済み。一時間ぐらいの遅刻は珍しくない。ほんと、時間にルーズなんだから」と女。

「私たちが待たされるのはかまわないんですけれど、レディが現われた時にいてもらわないと困ります。クタニさんとミヤタツさんのコンビでまとめていただく企画なんですから」と男。

「あたし一人でも書けるけど、それではまずいのよね」

「今回はミヤタツさんが持ち込んだ企画ですし……。原稿はそれでいいとしても、ツーショット写真が載せられません」

「ああ、美女と野獣のツーショットがないと淋しがる読者がいるか。ミヤマツタツユキの鬼気迫る写真のファンもいそう。先月号のは特にすごかったものね。カメラマンさんの腕がいいから、怖さ倍増。あの顔が撮りたくてきているのに、ね？」

ここで別の男の太くて低い声がした。

「いえ、俺はアンジュさんだけ撮れたら満足です」

「口がうまいこと。はい、お茶をどうぞ。ビールでなくて残念だけど、アルコールはお仕事が済んでからぁ。イチハラさんも、コップを出して」

「あ、すみません」

男二人に女一人。もう一人の仲間の到着が遅れているらしい。こんなところで何をしているのか？　ミヤマツタツユキと聞いて、何故か宮松達之という字が浮かんだ。どこかで耳にしたことがあるような……。

「あれ、きたんじゃない？」

女の声がこちらに飛んできた。人が立っている気配を察したのだろう。彼は扉を開け、とりあえず一礼した。

がらんとした広間に三人の男女がいた。フローリングの床に座り、弁当の夕食をとっているところだったらしい。キャンプ用ランタンの黄色い光に照らされ、めいめいの顔にくっきりとした陰影ができていた。

「……どちら様？」

女に訊《き》かれた。年齢は三十過ぎだろうか。上下とも浅黄色のサファリルック。髪を明るい褐色に染めていて、化粧が濃い。美人の部類に入るだろうが、目つきが少し尖《とが》っていた。

「迷ったんです」

それだけしか言葉が出なかった。いっせいに視線を投げられて、緊張したためだ。銀行強盗の計画を練っている最中ではなかったようだが、悪いところに出喰わしたのではあるまいか、と心配になる。

「お一人ですか？」

紙コップを手にした小柄な男が尋ねてくる。女よりいくらか若そうだ。こちらはラフなTシャツ姿で、人懐っこい目をしていた。顔の輪郭は空豆を連想させる。

「はい。日ノ下という村に行こうとして、道が判らなくなりました。——ここは、どこなんでしょうか？」

「中杉という集落のはずれですよ。疲れた顔をしていますね。歩き回ったんでしょう。まぁ、上がって一服していってください」

「お邪魔ではありませんか？」

女が、じれったそうに「邪魔だったら『一服していってください』って誘わないでしょ。ほら、早く入って。土足でいいから」

「じゃあ、失礼します」

女の物言いはつっけんどんだったが、実はそういうのが彼は嫌いではない。むしろ好きだった。

リュックを降ろし、三人の前に膝を崩して座る。女が紙コップにお茶を注《つ》いでくれた。動作が速い。

「眼鏡がお似合いね。友だちから映画のハリー・ポッターに似てるって言われない？」

「たまに」と苦笑した。

「ハイキングでもしていたの？」

「限界集落について勉強しているので、日ノ下村を見にきたんです」

「大学生？」

「英都《えいと》大学の社会学部に通っています」

「フィールドワークってわけね。よく知っているでしょう。何年生？」

矢継ぎ早の質問で、まるでインタビューだ。

「三回生です。そろそろ卒論の準備をしようかと思って」

「夏休みを利用してフィールドワークをしていたんだ。熱心ですね」

小柄な男が横から言うと、女は首を傾《かし》げた。

「もう九月に入っているんだから、夏休みは終わっているでしょ？」

後期は十月から始まるのだ、と言ったら驚かれた。

「大学って、そんなに夏休みが長いの？　あたし行ったことないから知らなかった。大学の先生って、いっぱい休めていいわね。学生さんはそんなので高い授業料を払わされて、もったいない」

「お腹、空いてませんか？　こんなものでよかったら、つまんでください」

小柄な男は親切だった。目の前に分厚いカツを挟んだサンドイッチが差し出されては我慢ができない。ありがたくいただくことにした。

「少し残しておかなくていいのかな」

これまで黙っていた短髪の男が、うつむいて箸を使いながら言った。顎《あご》のあたりの不精鬚《ひげ》は、わざと蓄えているものなのか、ちょっとワルな感じで似合っている。タイトな黒いシャツを着ていて、たくましい胸板の形が露《あら》わだ。一座の中で最年長なのは間違いない。

「あの人の分なら、取ってある。こんな時間になっているんだから、夕食はすませてくると思うけれど、念のためにね。『私のはないのか？　あんたら薄情だぞ』なんて文句を言われたら鬱陶《うっとう》しいもの。——どうぞ」

促され、手にしていたカツサンドを口に運んだ。ご馳走《ちそう》になりながら、まだ名乗ってもいないことに気づく。彼らの素性も知りたかったので、自己紹介することにした。

「日比野浩光といいます。京都からきました。よろしくお願いします」

小柄な男が、すかさず応じてくれる。

「こんなところで会ったのも縁だから、こちらこそよろしく。東京からきた市原朔太郎《いちはらさくたろう》。マンダランド企画という編集プロダクションの者です」

ご丁寧に名刺を渡してくれた。曼荼羅《まんだら》をデザインした凝ったロゴがあしらわれている。

「皆さん、そのプロダクションの方ですか？」

「いいえ。こちらは心霊ライターの九谷安寿《くたにあんじゅ》さん。あちらはフリーのカメラマンをしている砂子勇《すなこいさむ》さんです。〈ブラック＆ホワイト〉という雑誌の取材できているんですけれど、ご存じですか？　ああ、知っている。それはうれしいな」

怪しげな情報を満載した雑誌だ。オカルトファンの間で人気があるらしい。その方面はあまり興味がないし、表紙がやたら毒々しいので、ふだん手に取ることはない。

心霊ライターと聞いて、思い出した。さっき玄関先で宮松達之という名を耳にしたが、宮松もそのような肩書きではなかったか。この夏、深夜のテレビに出ていたのを見たから記憶の片隅に残っていたのだ。

まず風貌にインパクトがあった。痩身《そうしん》で上背もあまりないのだが、言動が確信に満ちているせいかやたら貫禄があるのだ。人気俳優に劣らぬルックスでありながら、表情に癖がありすぎて滑稽味《こっけいみ》が漂う。そして、かっと見開いた目は、目玉焼きの白身のごとくとろりとしている上、罅割《ひびわ》れたように充血していた。寝そべって見ていて、「こいつ、なんか危なそうやな」と呟《つぶや》いたぐらいだ。話し方もエキセントリックで、視聴者から寄せられた心霊ビデオを見ながら「これが霊体でなければ何が霊だって言うのよ。誰の目にも明らかだって言うのよ」と口角泡を飛ばしていた。

「〈ブラック&ホワイト〉って、これよ。浩光君」

女心霊ライターは馴《な》れ馴れしく言い、近くにあった雑誌を取る。そして、あるページを開いて差し出してきた。

「〈ミヤタツ・アンジュの超心霊リポート〉っていう連載をしているの。出たばかりの今月号では、秋田県のさる旧家の土蔵で起きる心霊現象を二人で紹介している。毎回、日本中あちこちへ取材に行くのね。で、来月号ではここをリポートするわけ」

目の前にいる九谷安寿と、テレビで見た覚えがある宮松達之が並び、なまこ壁の土蔵を背にして写っていた。写真の下には、撮影・砂子勇というクレジットがある。この連載で彼らはチームを組んでいるのだ。

「もしかして、宮松さんがくるのが遅れているんですか?」

白々しく訊いてみた。市原朔太郎が頭を掻く。

「ええ、そうなんです。僕らは京都で待ち合わせをして、六時にここに揃って着きました」

あの白いバンできたのだ。「ミヤタツさんは綾部の実家に寄ってから、七時にくることになっていたんだけれど、『すまないが一時間ほど遅れそうだ』と電話があった。それが、もう八時二十分……」

「電話してみたらどうです? 事故があったのかもしれない」

食後の煙草をくゆらせながら、砂子が言った。

「そうですね。外に出てかけてみます。ここだとつながりにくい」

市原が携帯電話を手に立ち、扉を開けたまま玄関先でかける。このあたりは限界集落が点在しているほどだから、電波状況が悪いのも無理はない。

「あたしの携帯にメールなんか打ってないでしょうね。ちょっと見てこよっと」

安寿も立つ。カメラマンはくわえ煙草のまま、カメラのレンズをいじりだした。

「砂子さんは、こういう写真が専門なんですか？」

上目遣いでこちらを見る。

「いいや。お化けだの幽霊だの、興味はない。こういう仕事は単なる世過ぎさ。世過ぎって、判るかい？」

「身過ぎ世過ぎの、世過ぎですね。生活のための手段だ、と」

「つい最近、大学生と話していたら〈おべっか〉という言葉を知らなかったんだ。——失礼なことを訊いたな。すまん」

片手で拝むふりをした。無愛想な職人かと思ったら、なかなか神経が細かい。話しにくい人ではなさそうだ。

「皆さんが取材にきているということは、ここは心霊スポットなんですね？」

「もちろん。そうでなかったら、わざわざ東京からくるわけがない」

室内を見渡して「どこに、どんな奴が出るんですか？」

「若い女の幽霊がお出ましになるらしい。詳しいことは専門家に解説してもらってくれ。俺は雰囲気のある現場写真と、心霊コンビのツーショットを撮るだけさ」

「幽霊は写さないんですか？」

「心霊コンビが『ああ、そこに！』と指さすところに向けてばしゃばしゃシャッターを切っても写ったためしがない。才能がないんだろうな。市原さんもだけど。安寿姫に『あなたたちは、どんな強い霊体も視《み》えない人ね』と呆れられている」

「多分、僕もそうです」

「お互いによかったな。幽霊なんか視えなくて結構。人間、煩《わずら》わしいことが少ないほど生きやすい」

部屋の奥に目をやる。暗くて何も見えない。

「あのへんに幽霊が出るんですね。現われる時間は決まっているんですか？」

「日付が変わる頃って聞いている。出るのはあそこじゃないよ。地下だ。とても長い廊下がある。廊下というより、あれはトンネルだな」

よほど細長い廊下なのだろう。

「そこは見たんですか？」

「カメラマンだから、きてすぐに下見してるさ。幽霊の気配なんて微塵《みじん》も感じなかったけれど……あれは気味が悪い。よくあんなものを造ったもんだ」

お化けだの幽霊だのを小馬鹿にしているようだったのに、恐ろしそうに話す。どんな廊下なのか、見てみたくなった。

「どんな幽霊が出るのか知りませんが、ここは有名なんですか？」

「数寄者《すきもの》の間では、それなりに。有名になったのは、ここ一年ほどだ。それまでは熱心な研究家だけが知る穴場だったらしい。今回のリポートでも、所在地はできるだけぼかすそうだよ」

「それでも〈ブラック&ホワイト〉で紹介されたらマニアが押しかけるでしょうね」

「来月には心霊名所になるだろう。いや、それは雑誌に載るからじゃない。明日、ここに東《とう》洋《よう》テレビが特番の取材にくるんだ」

「幽霊の？」

「もちろん。アメリカ人の霊能力者とやらを連れてくるらしいよ。あそこは特番に金をかけるからな。安寿さんは、『それに出演したかった』と愚痴《ぐち》りながらも、たった一日だけでもこっちが先なのは喜んでいた。番組の放映より、雑誌の発売の方が早いし」

「こんな訊き方は失礼ですけれど、九谷安寿さんってその道ではよく知られた人なんですか？」

「五本の指には入るかな。〈ナイト・トリップ〉って番組のレギュラーで、コーナーを持っていたこともある。観たことない？」

よくあることだが、関西では放送していない番組だった。こちらでは午後十一時を過ぎると、大阪で制作した番組が中心になる。そのおかげで関西だけが日本中の話題から取り残されることもありがちだ。テレビの話題ごときに取り残されても何の不都合も感じないが。

市原の電話が通じたようだ。はきはきとした口調で受け答えしている。

「もう向かっているんですね？ それを聞いてひと安心です。こっちへはどれぐらいで、えっ？ ……はあ。……はあ。……ええ、判っています。その件については、電話では何ですから、あとでお話しします。まだレディの出勤まで時間がありますから」

レディというのは、若い女の幽霊を指しているのだろう。

「では、お待ちしています。急ぐと言っていただくのはいいんですけれど、安全運転でいらしてください。バイクでいらっしゃるんでしょう？ 夜の山道は危険ですから、お気をつけて。……はい、では」

傍らに立っていた安寿が、「あとどれぐらい？」

「一時間はかからないみたいです。九時半には着くでしょう。そのつもりでスタンバイしていましょう」

「スタンバイといって、あまりすることはないけどさ」

「押さえのカットを何枚か撮ってしまいましょう」市原が戻ってきて「砂子さん。そういうわけですから、よろしく」

カメラマンは「了解」と感情のこもらない声で応じてから、浩光に目配せして「さて、世過ぎの仕事だ」と囁《ささや》いた。

「ところで浩光君、あなたどうするの？」

安寿に問われるまで、自分がこれからどうするか考えていなかった。いかにも呑気な楽天家である。

「車で町まで送ってあげられたらいいんだけれど」市原が言う。「作業にかかるので、手が回らない。徹夜仕事なんです。どうしたものでしょうね。歩いて下山するのはお勧めできないな」

「僕のことなら、おかまいなく。野宿の用意もしていますから」

本当のことを言うと、ここに留まって彼らの取材ぶりを見学していたかったのだが。

「夜露に濡れると風邪をひくわよ。よかったら、ここに泊まっていけば？」

安寿からの願ってもないお誘いだった。飛びつきたいが、いったん辞退する。

「でも、お仕事の邪魔になりませんか？」

「同じやりとりを繰り返させないでよ。邪魔だったら『泊まっていけば？』とは言わない。

――そうか、京都の人は早く帰ってもらいたいお客さんに『お茶漬けでもどうどす？』とか言うのよね。あたしは東女《あずまおんな》だから、そんな持って回ったことはしないわよ」

「『お茶漬けでもどうどす？』なんて、僕は大阪の落語でしか聞いたことがないんですけれど。——じゃあ、お言葉に甘えて、ここにいさせてください」

彼女の一存で決まってしまった。市原と砂子の顔色を窺ってみたが、迷惑がっているふうでもない。

「ありがとうございます。安息の場所が見つかりました」

礼を言ったら、砂子にからかわれた。

「おいおい、幽霊屋敷だって聞いただろ。安息の場所どころか、恐怖の館になるかもしれないぞ」

ここが幽霊屋敷だと聞いたからには、さすがに独りで寝泊まりするのは遠慮する。しかし、これだけの人間と一緒だったら少しも恐ろしいと感じなかった。「ほら、そこにいる」「あそこにも」と叫ぶ霊能力者の集まりならば願い下げだが、少なくとも砂子勇は〈視えない人〉だ。市原も同類らしいから、仕事として立ち会っているだけなのだろう。

取材クルーは活動を開始した。ゴミをてきぱきと片づけ、砂子は懐中電灯とカメラを手にひと足先に奥へと向かう。

「よかったら地下を見にいらっしゃいよ。珍しいものがあるから」

安寿に手招きされた。

「とても長い廊下があるそうですね。砂子さんから聞きました」

「長いよ。きっと、びっくりする」

市原の目が悪戯《いたずら》っ子のように輝いた。

「長いといっても、ここはそんな広い家でもなさそうですよ。家の奥行きだけなら、せいぜい七、八メートルでしょう？」

「家からはみ出しているんです。敷地の外まで。まぁ、周囲はずーっとこの家の持ち主の所有地だけれど」

「どんな人なんですか？」

「現在の持ち主は、貿易会社の元社長さん。引退してオーストラリアで暮らしています。言うまでもありませんが、その人の許可を得て取材にきているんですよ。借金のカタにここを手に入れたそうで、建てた人はまた別です」

そこで「用意できたわよ」と安寿が言ったので、市原の話は中断した。

今までいた部屋は、リビングだったのだろう。その奥の廊下をまっすぐ突き当たりまで進む。懐中電灯の光で足許を照らしながら、市原はゆっくりと歩いた。探検気分で、わくわくする。外はしんと静まり返り、風に木立が揺れる音も聞こえなかった。ただ、静寂の中に微《かす》かに水の音がしている。

「あれは？」と浩光が言っただけで、市原が察して答える。

「裏手を小川が流れているんです。家の一部がその上に迫《せ》り出して、天然の水洗トイレになっています。ちょうどそこですよ」懐中電灯の光を一番奥のドアに向ける。「用を足す時は、

「あそこを使ってください」

それから闇の中で右に左にと曲がり、とある部屋の前で立ち止まる。

「地下へはここから」

ドアを開けて室内を照らした。八畳ばかりの洋間で、やはり中には何もない。その一隅に、灰色の引き戸があった。半分開いている。

「あそこから降ります」

引き戸の向こうには畳一畳ほどのスペースがあり、その先は階段になっていた。変わった造りだ。

「気がついた、浩光君？　これは隠し階段なの。引き戸の前に、簡単に動かせる本棚か箪笥《たんす》でも置いてあったんでしょうね。そうすれば階段の存在が目に触れない」

「どうしてこんなものがあるんですか？」

「本当のことは判らない。色々な噂《うわさ》があるだけ。この家ができた当時からあったことは確かみたいよ。施主は、綾部の建設会社社長」

「建設会社の社長……。それなら秘密の地下室を造るぐらいわけなかったでしょうね」

「それがただの地下室じゃないの。――あ、階段がそこから始まっているから、足許に注意してね」

コンクリートの階段を、そろそろと降りていくと、空気がひんやりしてくる。地下特有のものだが、これはもしや霊気というやつではないか、などと思う。十三段下ったところで、地面に着いた。

明かりが灯っている。砂子が撮影用のライトを点《つ》けていたのだ。その光は廊下の奥に向けられている。

市原に、ぽんと肩を叩かれた。

「さあ、砂子さんの背中越しに見てみてください。意外な光景がありますよ」

彼と体を入れ換え、よく見ようと踏み出した次の瞬間、浩光はわが目を疑った。

廊下の幅は、両腕を広げると掌《てのひら》がつくぐらい。高さは二メートル強。コンクリートで塗り固められた灰色のトンネルだ。それが、どこまでもまっすぐ延びている。遠く、どこまでも。

「何なんですか、これ⁉」

大きな声が出た。振り返ると、その反応に市原は満足げだ。

「見てのとおり、長い廊下ですよ。とても長い。まるで地の果てまで続いているみたいでしょう」

照明の光は強く、かなりの距離を照らし出していた。五十メートル近く先まで及んでいるだろう。しかし、そこで力尽きて漆黒《しっこく》の闇に呑み込まれている。

「これは廊下というより、トンネル。……いや、地下通路ですね」

「その表現が適切ですね。渡り廊下でもあるんですが。全長は百三十四メートル。野球場のホームベースからバックスクリーンまでよりも長い」

向き直り、再び彼方《かなた》の闇を見た。前に出すぎて、砂子に「下がってくれ」と言われてしまう。もう撮り始めていたのだ。

「いったい、どこへ続いているんですか?」

訊いても、市原はにやにや笑うばかりだ。焦《じ》らして楽しんでいる。安寿が、浩光の二の腕を人差し指で突いた。

「気になるわよね。砂子さんの撮影が済んだら確かめに行きましょう」

「見てのお楽しみ、ですか」

胸が高鳴ってきた。そんな彼の前で、カメラマンは何度もシャッターを切る。

「市原さん、見てもらえますか」

一段落したところで、砂子は編集者を呼んだ。撮ったばかりの画像をモニターで確かめてもらうためだ。安寿も加わって、三人での協議が始まる。

「うーん、これはいい。無気味さがよく伝わってきます。迫力があるからタイトルページに使いたいですね」

「あたしは、その前のも好き。どことなく哀しさが出ているところが」

「これで被写界深度いっぱいいっぱい。レンズを換えて全周魚眼でも撮ってみます。ちょっと遊ばせてください」

写真の出来がいいようだ。市原も安寿も、しきりに感心していた。

「じゃあ、奥に向かいましょう」

市原の号令で一列になって出発した。砂子が先頭で飛び入りの浩光が最後尾。浩光は、安寿の背中を見ながら歩く。

行けども行けども、灰色の壁が続いた。天井には照明器具が取り付けられていた形跡があるが、今はすべてはずされていた。昼間でも真っ暗な中を歩かなくてはならないのだ。

「丁寧に作ってあるな。できて三十年近く経っているというけれど、水が染み出したりもしていない」

砂子が懐中電灯を振り、天井や壁面を照らしながら言った。小さな罅割れはあるが、目立った傷みはない。餌がないせいか、蜘蛛《くも》の巣もなかった。

全長が百三十メートル以上あると聞いた。これだけ歩いたのだから、もう半分は過ぎただろうか、と浩光が思ったところで隊列は止まった。

「まだ終点じゃないわよ。ここがちょうど真ん中。あれを見て」

安寿が体をずらしたので、首を突き出してみる。壁が行く手をふさいでいた。行き止まりかと思いきや、ノブがない両開きのドアがついている。隠し部屋でもあるのか？

砂子が肩に担いでいた機材を降ろし、照明のセッティングを始めた。ドアそのものを撮影するらしい。

「浩光君、見て。閂《かんぬき》がついているでしょう。あれが重要なのよ」

無骨なドア・ラッチだった。ステンレス製の掛け金は文鎮のように太い。砂子がそれを動かすところを見ていると、かなり堅いようだ。

「よし、と。──安寿さん、横に立っていただけますか。閂を指差してもらおうかな」

彼女はするりと前に出て、カメラマンの要望に応えて「こう？」とポーズをとった。撮られることに慣れているせいか、立ち姿が美しい。

「どんな顔をすればいい？」

「あまり作らなくて結構です。心持ち深刻な感じで」

立ち位置を変えて三カットほど撮ると、砂子はまた市原の指示を仰ぐ。

「向こう側の門はどうします？」

「一応、撮っておきましょう。ドアの両側に閂がついていることが判るようにしていただけますか。説明的なカットにしてください」

砂子が両開きのドアの右のパネルを押すと、ギイと軋《きし》んで開いた。その向こうにあったのは──またしても廊下である。

ドアは木製のスイング式で、どちら側にも開いた。砂子は左側のパネルを手前にやってドアを互い違いに開き、その両面に閂がついているところをカメラに収めた。角度を変えて何枚も。これだけのものを撮るにも随分と時間をかけるものだ、と浩光は感心した。

「それでは、いったん階上《うえ》に戻りましょう。宮松さんがくる頃です」

市原が腕時計を見ながら言う。九時半になろうとしていた。砂子は機材をそのままにして、さっさと階段があった方へ。あとで宮松を立たせて、ここでまた撮影をするのだろう。

「ねぇ、市原さん。あたし、浩光君とさらなるアドベンチャーに出てもいい？　すぐに帰るから」

安寿が、彼の肩に手を置いて言う。

「世界の果てに行ってみるんですね。ええ、かまいませんよ。宮松さんが着いたら、ひと休みしてもらっています」

「行って帰るだけだから。――じゃあ、出発しましょ」

安寿が恭《うやうや》しくドアを開いてくれたので、両手で拝みながら通り抜けた。

再び彼女の背中を見ながら歩く。並んで歩けるだけの幅はあるのだが、後ろ姿を眺めていたかったのだ。背筋が気持ちいいほど伸びていて、足の運びも優雅だ。サファリルックは、なるほどアドベンチャーにふさわしい。

何も訊かずに終点まで行こうかと思ったが、我慢ができなかった。

「建設会社の社長さんは何を目的にこんなものを造ったのか、そろそろ教えてもらえますか？」

「社長の家はこの先。——さっきも言ったとおり、色々な噂が流れている。そこは本宅じゃなくて、気分転換や骨休めに利用する別邸だったんですって。中杉の集落がすぐそばだし、昔はここまで淋しくなかったのね。一説によると、その社長さんは法律に反するようなビジネスもしていたので、恨《うら》みを買った人に襲撃された時、逃げ出すためにこんな地下道を造った、と」

ここまで大袈裟《おおげさ》なものを掘らずとも、防犯装置でガードを固めるなり用心棒を雇うなりすればよさそうなものだ。

「あまりリアリティがないわね。脱税で蓄えたお金をいざという時に持ち出すためのもの、という説もあるんだけれど、それもどうかな。もっと効率のいい隠し場所が造れるはずでしょう。それなら、単に洒落《しゃれ》で造った、という説の方がまし。変わり者ではあったらしいから。でも、洒落ならばもっと派手で楽しいものが造れそうじゃない？」

同感だ。浩光にも納得できない。

「ええ。それに、廊下の真ん中に壁があることの説明がつきません」

「鋭い指摘ね。そこで浮上するのが別の説で、この通路が逃走用だの脱税用だのに掘られたっていう俗臭からかけ離れた物語。あたしたちがいたあの家の隣で、病弱だった娘さんが静養していたんですって。社長にきれいで可憐なお嬢さんがいたのは、どうやら事実らしい。生まれつき心臓に病気を抱えていたそうよ」

破い足音をバックに、彼女は語り続ける。もう残りの半分を過ぎたと思われるが、終点は見えなかった。闇の壁は、とても厚い。

「齢《とし》は二十歳。その娘が恋をした。お相手は、九州からこのへんに移ってきていた青年画家。彼は、社長のお兄さんの忘れ形見だったの」

「つまり、社長の甥《おい》だから……娘の従兄《いとこ》ですね？」

「そう。空いた土地に家を建てることになって、叔父である社長がそれを引き受けたのね。家ができるまで甥を綾部の本宅にしばらく住まわせてやることにして、そこで娘と出会った」

甥の家を新築するのと同時に、社長は自分の別宅を改築しようとした。二つの工事が進む間に娘と甥は親密さを増し、やがて真剣な恋に発展するわけだが、母親はそれを許さなかった。異常なまでに青年を嫌ったという。

「従兄妹《いとこ》では血のつながりが濃すぎるから拒絶したんだと言う人もいれば、財産目当てで初心《うぶ》な娘を誑《たぶら》かそうとしていると誤解したって言う人もいるわ。とにかく普通じゃなかったの」

そうこうしているうちに工事は進む。家ができたら娘と画家は隣人になるので、母親は二人が近づけないように手を打った。

「娘が独りで外に出ないようにして、外出する時は必ず自分か使用人が付き添うことにしたの。軟禁ね。社長は、手荒な仕事もしていたくせに大変な恐妻家だったから、そんな妻のやり方を咎《とが》めることもできず、娘と甥を不憫《ふびん》に思うばかりだったんだけれど、一計を案じた」

「もしかして、二軒の家を地下通路でつなぐ――？」

「正解。部下に急いで追加工事をするように命じたのね。そうして完成したのが、これ」

「この先にあるのは娘さんがいた家で、さっき僕たちがいたのが画家の家ですか」

前方にうっすらと何か見えてきた。階段か？

「使用人や母親の目を盗んで、娘が二軒の家を自由に行き来できるようにしてやったわけよ。娘が独りきりになる時間帯が判れば、青年から忍んで行くこともあったでしょう。ここは、二人の地底の架け橋だった」

ロマンティックな響きだ。しかし、やるせない状況ではある。

「廊下の真ん中に閂つきのドアがあったのも、忍び逢いのため。判る？　携帯電話のない時代だから、二人は密に連絡が取れたわけじゃない。相手に訪ねてこられたら困るタイミングもあるでしょ。画家が留守にする時だってあるし。だから、そういう場合はドアに閂を掛けておいたの。『今は駄目です』というサインね」

「なるほど、それで内からも外からも掛かるようになってたわけか」

「考えたものね。閂が掛かっていた時は、ここは地底の天の川になった。橋が流され、渡ろうとしても渡れない地底の川……」

その川の対岸に着いた。同じような階段がある。

「ほら、これを上ると薄幸の娘が暮らしていた家よ」

光を上に投げると、灰色の引き戸らしきものが見えた。

「肝心のことをまだ聞いていません。ここにどんな幽霊が出るのですか？」

「レディ。その娘よ」

「でしょうね。予想はしていました」

階段の下で立ったまま、安寿は話を続ける。

「地底の架け橋、秘密の渡り廊下は、社長が考えたとおりうまく機能したらしいわ。しばらく、はね。二人は監視の目を盗んで逢瀬《おうせ》を重ねることができたんだけれど、やがて悲しい結末を迎える。画家が、別の女を見初《みそ》めてしまったの。モデルの女子大生だったとか、贔屓《ひいき》にしてくれた画廊の経営者だったとか、そのへんは曖昧《あいまい》」

青年の不実に娘は気づかない。ただ、いつ訪ねてもドアに閂が掛かっていることを嘆くばかりだった。虚《むな》しく引き返す通路は、さぞや長く感じられたことだろう。そんなことが繰り返されるうちに、さすがに疑念が芽生えてくる。もしかしたら自分は拒絶されているのではないか、と。

「監視の目が厳しくて、昼間は自由に動くことができなかったものだから、娘は使用人たちが寝静まってからベッドを抜け出し、地下に降りた。そしてある日、悲劇に見舞われたの。

十二月のことだったというから、寒かったでしょうね。娘は延々と歩いて青年の許《もと》に向かったんだけれど、やっぱりドアは開かない。感じるものがあって、叫んだ。『女の人がそばにいるんでしょう？　違うのなら中に入れて。私を締め出さないで！』。男がいたとしても声や音が届くはずがないのに、彼女はドアを叩いた。何度も何度も」

その情景が目に浮かぶ。

「『開けて、開けて』と呼びかけているうちに、興奮が禍《わざわ》いしたのか、娘の心臓は発作を起こして——そのまま死んでしまったんだそうよ。ドアの前でね。彼女の姿が消えていることに気づいた使用人たちは大騒ぎ。社長が『もしや』と地下通路を捜して、亡骸《なきがら》を見つけたってわけ」

「気の毒に」

「社長も青年も家を手放し、持ち主が何度か代わったわ。そのうちに怪談が囁かれるようになったの。夜ごと、こちらの家からあちらの家に娘の幽霊が訪ねていって、ドアを叩く。『開けて、開けて』とすすり泣きながら」

どうだ、怖いだろう、とばかりに安寿は微笑した。ありきたりの因縁話だが、現地で聞いてはたまらない。ましてやこんな無気味な空間では。

「どう、階段を上ってみる？　そっちも入っていいのよ。持ち主の許可はもらっているから。その家、ここへくる時に見なかった？」

「気がつきませんでした」

「防風と防雪のために屋敷林で囲まれているからね。——行く？」

頭の上にあるのは、恨みを呑んで死んでいった娘の家。真の暗がりに包まれた家。現在はどんな状態なのか判ったものではない。しかし、きたばかりの通路を引き返すのも勇気が必要だ。きた時は知らなかったが、娘が死んだまさにその場所なのだから。

「いやぁ……どうしようかな」

安寿は、選択を彼に任せている。少し考えてから、きっぱりと答えた。

「通路を戻りましょう」

「あら、それでいいの？」

意外な顔をされる。怖気《おじけ》づいて通路を歩きたがらないと思っていたのだろう。浩光は、人差し指で鼻の下を擦《こす》る。

「幽霊だか亡霊だかが夜ごとさまようと聞いたら、もう一度歩いてみたくなりました」

「肝試しのつもり？」くすりと笑って「また後ろを歩かせてあげる。幽霊が捕まえやすいように」

「まだ十時にもなっていません。レディは支度をしているところでしょう」

再び狭苦しいトンネルへ。靴音を絡ませながら、二人はきた道を戻る。

「その怪談は、面白おかしく語り継がれてきたもので、そのままのことが実際にあったと確認されたわけではないんでしょう？」

そう言うと、彼女はあっさり認めた。

「ええ。怪談なんて、ほとんどそんなものよ。娘は人知れず死んでいったんだから、どんな様子だったのか見た人がいるわけがないし」

「ですよね。全体的に不自然な話です。母親がそこまで画家を毛嫌いしていたのなら、可愛い娘を軟禁したりせず、よそにやればよかったと思うんです」

「まぁね」

「心臓に持病を抱えた娘が、隠し扉を開けるたびに本棚や箪笥を移動させるのも大変だったはずです」

「それは確かに」

「九谷さんは――」

「安寿でいいわ。安寿さんで」

「はい。安寿さんは、考え事をする時、視線を斜め上にやる癖があります。気づいてますか？　何かを思い出そうとする時にそうなる人もいますけれど、安寿さんの場合は考え事をすると目が上にいく」

もっともらしいが、嘘だ。

「そんなこと言われたのは初めてだけど……そうかもしれない。あたしに会って間がないのに、大した観察力ね」

浩光は、しめしめと思う。こちらのペースに引き込めている。

「安寿さんの後ろを歩きながらお話を聞いている間は判らなかったけれど、立ち止まってから気がつきました。時々、視線が斜め上にいくことに。つまり、安寿さんは細部を考えながら話しているんだ、と」

彼女は無言のままだ。

「雑誌の取材でいらしているんだし、小咄《こばなし》どころではない長さでしたから、まるっきり出《で》鱈目《たらめ》をアドリブで話していたとは思えません。きっと元ネタはある。恋人同士がこの通路を使って密会していたが、不実な男が裏切って女を締め出し、死なせてしまった。それがここに伝わる怪談の骨子なんでしょう。それをどう肉づけするかは語り手の力量に委《ゆだ》ねられている。——違いますか？」

「まいったな」の声。「ハリー・ポッター君、あなた、推理小説のマニア？」

「いいえ。そういうのはあまり読みません。現実の犯罪には興味があるので、大学で犯罪社会学を受講していますけれど」

「名探偵の謎解きみたいだった。あとで市原さんに聞かせるわ。あの人、推理小説が大好きなの」

「僕の推理は当たっていたんですね？」

「ある程度はね。すべておっしゃるとおりです、とまで自白するつもりはない。こっちはプロ。これでご飯を食べているんだもの。……考え事をする時に目玉が上を向くって、そりゃ言葉を選びながらしゃべっていただけよ」

最後は意地を張ってみせた。浩光は深追いはしない。

やはり理性は恐怖を祓う力があるようで、幽霊の通《かよ》い路《じ》もこれで怖くはない。帰り道はきた時の半分ほどに感じられた。

廊下の中央にくると、ドアの手前で足を止めてみる。あの怪談が実話だったなら、まさにここで一人の娘が非業の死を遂げたわけだ。形ばかりだが合掌した。

安寿が今度も「どうぞ」と開いてくれたドアをくぐったところで振り返り、門を見た。ここが無情に閉じていたのか。惨《むご》いな、と思った時——突然、何かが背中に抱きついてきた。

「うわぁ！」

手を伸ばして体を支えようとしたが、スイング式のドアは役に立たない。はらりと開いたものだから、冷たい床に転倒してしまった。

「びっくりした？」

目の前いっぱいに安寿の顔。肌の匂いがする。どぎまぎしながら、押し返した。

「ずるい。卑怯ですよ、それは。誰でも驚きます」

「プロは目的を達するために手段を選ばないってことね」

なおも彼に体重をのせたまま言う。こんなのはふざけているだけで、プロのすることでない。

ようやく離れて立ち上がり、「ごめんなさい。もうしない」

本当かしらと警戒したが、その後は悪戯を仕掛けられることもなかった。階段を上がると、暗闇の向こうでぼそぼそと話す声がしている。宮松がきたらしい。

だが、ランタンが灯った部屋にいるのは、市原と砂子だけだった。編集者の表情が冴えない。

「あの人は、まだなの？　ひどいじゃない」

「いや、それが……」市原は言い淀む。「十分ほど前にいらしたんですけれどね。ものの数分で怒って帰ってしまいました」

浩光たちが冒険に出ている間に、ハプニングがあったらしい。安寿は腰に両手をやる。

「どういうこと？」

「以前から宮松さんとうちの会社で揉《も》めていることがありまして、それがこじれました。……ほら、安寿さんもご存じの件ですよ」

「トークイベントとＤＶＤの監修料の件ね。ええ、聞いてる。どっちに非があるのかは知らないけれど。でも、そんなの取材の現場で持ち出す話じゃないでしょ。それに何、怒ってぷいっと帰ったですって？　冗談じゃないわ。追いかけなかったの？」

「ご愛用のドゥカティに乗ってきて、それをぶっ飛ばして去りましたから。つむじ風みたいに行ってしまったので、追いかける間なんてありません」

浩光は思い出す。一時間ほど前、市原がかけていた電話の中に、その件についてはあとで話す云々《うんぬん》という言葉があった。もしかすると、不払いになっているギャランティーのことだったのかもしれない。

「えらい剣幕だったんです。もしかして宮松さん、お金に困っているんですか？」

「困っているもんですか。しっかり小金を貯めて、金貸しまがいのことまでしているみたいよ。お金にうるさいのはいつものこと。——あたしが電話してみようか？」

「お願いします」と拝まれて、安寿は携帯を取り出しながら玄関から出た。しかし、相手は電話に出ないようだ。すぐに戻ってきて告げる。

「切ってる。『機嫌直して、引き返してきて』とメッセージを入れておいたけれど、駄目かもね」

平静さを取り戻しており、落胆した様子もない。胸を張っている。

「ねぇ、市原さん。諦めて宮松さん抜きで済ませましょう。病気で不参加だったことにすればいいだけ。どうってことない」

「いや、そういうわけには……」

「本人が職場放棄したんだから仕方がないじゃない。ペナルティーを科してもいいぐらい。

そうだ。いっそこれを機会に、あたしだけがリポートする新企画に変更しない？　コンビは解消」

「いやいや、先走らないでください。それは編プロの僕じゃなくて版元さんが決めることですから」

市原は困惑していた。カメラマンは傍観するだけ。浩光も黙ってなりゆきを見守った。

「十時前か」安寿は腕時計を見て「レディが出るまで二時間あるわ。様子をみましょう。引き返してこないとも限らない。帰ってこなかったら今回はあたしだけのリポートになる。それだけのことね」

結論が出た。一同は車座になり、スナック菓子をつまみながら雑談をして過ごす。業界の風聞など浩光が加われない話題も多かったが、たまには口を挟んだり質問をしたりし、退屈はしなかった。

安寿が「ちょっとお花を摘みに」とトイレに立ち、砂子が「息子が風邪をひいているので、様子を訊きに家へ電話してきます」と外に出た。市原と二人きりになる。

「宮松さん、きませんね」

浩光は、言わずもがなのことを呟いてみる。

「完全にへそを曲げてしまったようです。ミヤタツさんに会ってみたかった？」

「できれば。めったにない機会ですから」

「悪い人じゃないけれど、灰汁《あく》が強い人でね。お付き合いに苦労することがあるんです。安寿さんも持て余しだしたな」

「コンビ解消とか言っていましたね」

「別に漫才師みたいにコンビを組んでいるわけではないんだけれど、一緒の仕事が多かった。それで打ち解けて、同棲していた時期もあります。長くは続かなかったけれど」

「そんな関係だったんですか」

「安寿さんの気持ちが冷めて別れたらしいけれど、仕事上の付き合いは続いています。オカルト専門のライターなんて何人もいない。狭い世界ですから無理もないことです。お互いに内心は面白くないのかもしれないな。ミヤタツさんからも『自分だけの連載を始めたい』って要望されている。板挟みというやつですよ」

二人が前後して戻ってきたので、その話は打ち切りになった。

だらだらしているうちに十一時が過ぎる。もう宮松は帰ってこないという前提で、市原と安寿は原稿の進行予定について相談をすませた。

「眠たくなったら、どうぞ」編集者が言う。「どこかそのへんで休んでください。僕たちが邪魔なら、奥の適当な部屋ででも」

彼らは零時に大切な仕事がある。せっかくだから浩光も立ち会いたかった。それにまだ眠たくない。

十一時四十五分になると、三人は「そろそろ」「では」と腰を上げた。地下で待機するのだ。浩光もお許しを得て、それについていく。中央のドアの前に着くまで、誰も無駄口をきかなかった。

「開けっ放しにはしておけないわね。レディに入ってこられたら大変」

安寿は何やら短い呪文を唱え、ドアにしっかりと閂を掛けた。茶番だな、と嗤《わら》うどころか、浩光はこっそり安堵《あんど》する。幽霊のスペシャリストと一緒にいることを心強く感じたのだ。さっき、ずるいだの卑怯だのと言ったことを胸の裡《うち》で詫びる。

「このまま待てばいいんですね？」と市原。

「ええ。レディはもうこっちに向かってきているかもしれない」

砂子が「きっと階段を降りた頃だ」

四人は身を寄せ合うようにして、零時を待つ。一分前になると、また誰も口を開かなくなった。

その時刻がきても何も起こらない。

一分たち、二分が経過しようとしたところで——

「きていたわ」安寿が凜《りん》として言う。「もういない。今、引き返していった」

「きていたって、レディがですか？」

市原が勢い込んで尋ねる。

「ええ、もちろん。ドアの向こうにいるのが愛した男でないと察して、黙って帰っていった。かわいそう……」

目を伏せ、右手をそっと胸にやった。

浩光は素直に感動した。事実だとは思わないが、この場にふさわしい名演技ではないか。九谷安寿のファンになりそうだ。そんな彼女の前に回って、砂子が立て続けにシャッターを切った。彼も心を動かされたのだろう。

「あたしたちも引き揚げましょう。ここにはもう、何もない。幕は下りたのよ」

さらに痺《しび》れる台詞《せりふ》を吐くと、安寿はすたすたと戻り始める。

市原と浩光はその後に続こうとしたが、砂子は別の行動をとった。門をはずしてドアを開け、フラッシュを焚《た》いて写真を撮ったのだ。閃光《せんこう》が去り行く娘を浮かび上がらせるのではないか、と浩光は身を硬くしたが、長い廊下に人の影はなく、彼方の闇が深いだけだった。

ランタンを灯した部屋に戻ると、軽い打ち上げである。市原はミニバンからクーラーボックスを運んできた。

「お疲れさまです。皆さんのおかげで無事に済みました。さぁ、ぐっとやってください。つまみの乾き物もあります。日比野さんも遠慮せずに。最近の大学生は飲めない人が多いそうだから無理して付き合うことはありませんよ。こんなの水みたいなもの？　それは頼もしいな」

嬉々としてロング缶のビールを紙コップに注いでいく。彼が誰よりも飲みたがっていたようだ。

「いつもよりいい原稿が書けそうよ」

安寿も上機嫌だ。相方がいない方がよかった、と言いたいのか。

「宮松さん、とうとうきませんでしたね」市原が、たちまちひと缶空けてから「さっき携帯を確認したんですけれど、かけてきていません」

「馘首《くび》ね。お払い箱。抹殺」

「俺は違いますよね？」

砂子が真顔で訊くと、安寿はその肩をバシリと叩いた。そして、右腕に絡みつく。

「当たり前よ。これだけのカメラマンを放すもんですか。末永くよろしくお願いします」

何やらなまめかしい感じがあった。二人きりだったら誘惑しそうで、目の毒だ。砂子は顔をほころばせたが、どこか儀礼的で、戸惑っているようでもあった。

緊張が解けたせいなのか、みんな饒舌《じょうぜつ》になって話が弾んだ。酔いが回ったのか安寿は目が据わってしまい、市原と砂子はテンションがどんどん高くなる。「これ、うちの犬」「うちの息子」「これ近所のゴミ屋敷」と携帯電話を回して写真を見せ合ったり、怪談大会になったりして、気がついたらとうに三時を過ぎている。

「みなさん、明日の予定はどうなっているんですか？」

浩光が訊くと、壁にもたれた市原が答える。

「正午《ひる》までに東洋テレビのスタッフが乗り込んでくるので、挨拶と情報交換をしてから下山します。砂子さんは、結局どうするんでした？　早くお帰りになりたいのなら、午前中に近くの駅までお送りしますよ」

カメラマンは、だらしなく床に寝そべっていた。

「そうしようと思ったんですけど、こんなに夜更かししているしなぁ。ゆっくり睡眠をとりたいから、俺も午後の下山で結構です。――日比野君はどうする？」

所期の目的を達成するため、限界集落を訪ねたい。そのためには、ここがどこなのかを把握しなくてはならない。そう言うと、彼の地図に市原が印をつけてくれた。

「これで判るね？　何だったら、日ノ下の近くまで車で送ってあげようか。それぐらいの親切はやぶさかではないよ。――その前に、あっちの家を覗いてみるのもいいかもしれない」

親切な男は親指を立て、自分の背後を指した。レディが静養していた家のことか。

「それも面白そうですね。できれば通路を通っていきたいな」

「昼間なら怖くないものね」

安寿に膝を叩かれた。図星である。

「俺はあっちを撮らなくてもいいんですか？　外観ぐらいは押さえておいた方がいいでしょう」

　砂子も同じ方角を指すので、市原はちょっと考えた。

「持ち主が外観の写真を撮られるのを嫌がっているんですよ。お化けの名所になってマニアが集まってくるのを避けるために。でも、欲しいな。フォーカスぼかし気味にしてもらいましょうか」

　予定が確定した。それで就寝時間かと思いきや、幽霊が出る家での宴《うたげ》はさらに続く。トイレに立って戻ると次のビールが注がれていて、なかなか寝させてくれない。〈超心霊リポート〉のスタッフがこんなに体育会系だとは思わなかった。しゃべりながらも、夜中なのに携帯のメールをチェックしている。そういう人種なのだ。

　徹夜を覚悟して付き合っていたが、眠気が臨界点を超えたのか、不意に瞼《まぶた》が重くなる。肩を揺すられながら「若いんだから、まだいけるでしょう?」という安寿の言葉を聞いたのが最後。

　睡魔にさらわれ、あとは泥のように眠った。

*

「おはよう、日比野さん」

　耳のすぐそばで声がした。薄目を開くと、空豆に目鼻をつけたような顔があった。それが誰で、ここがどこだったか思い出すのに五秒を要する。

床に寝ていた。体にタオルケットが掛かっている。

「おはようございます。……あ、これ、掛けてくださったんですね。どうもありがとうございます」

「寝袋に潜り込む間もなかったね。急にころんと眠ってしまって。無理させたみたいで申し訳ない。僕らはあんなノリで仕事をしてるから。まぁ、取材の後で飲むのは厄祓《やく》いみたいなもんかな」

起き上がって周囲を見ると、安寿と砂子の姿がない。安寿は奥でメイク中、砂子はカメラを提げて外に出ているそうだ。嵌《は》めたままの腕時計が九時を示している。正直なところ、もう少し眠らせて欲しかった。眠くてたまらない。

「皆さんは何時まで起きていたんですか？」

「六時。君が沈没してから、まだ一時間ぐらいしゃべっていた。もう空が白々と明けてきていたよ」

「それでもう活動しているんですか。タフですね」

「みんな好きな仕事をしているから、こんな生活も苦にならない」

そういう仕事に就きたいものだ、と思う。卒論もいいが、就職活動の準備を始めなくてはならない時期だ。

「編集者って、本当にお忙しいんですね。みんなで飲んでいる最中にも電話をかけに出ていたので感心しました」

「いくつも企画を掛け持ちしているし、夜行性の人種との仕事が多いから。そのかわり面白いこともたくさんある。こんなところで夜明かしするのも楽しい。天職かもね」

地下の廊下に夜な夜な幽霊が現われる家も、朝日の中で見ればごく普通のボロ家だ。昨夜のことが夢のように思える。

「貴重な経験をさせていただきました。こんなことは、もう一生ないでしょう」

「パンならあるよ」

彼らはさっさと朝食も済ませていた。甘えついでに食べさせてもらう。ロールパンをオレンジジュースで流し込んでいると、本日の顔を完成させた安寿がやってきた。

「おはよう、浩光君。二日酔いしてない？」

「大丈夫です」と答えたが、実は頭がどんよりと重かった。今日は無茶をせず、まともな宿に泊まった方がよさそうだ。

「立つ鳥あとを濁さず。東洋テレビがくるまでに片づけなくっちゃならないけれど」彼女は欠伸《あくび》を嚙み殺して「あっちの家へ朝の散歩に行かない？　廊下を通って」

早々のお誘いだ。そろそろ浩光に帰ってもらいたいのかもしれない。

「もう魔界に降りて行くんですか？　日比野さん、起きて間がないのに」市原が笑う。「では、現場責任者としてお付き合いします。砂子さんはあっちの家を撮っているのかもしれません。見に行ってみましょう」

話がまとまった。夜は明けたが、地下に潜るとなると懐中電灯は必携だ。今回も市原が先頭に立った。

窓から日が射し、昨日は闇に沈んでいた家の姿が晒《さら》されている。当たり前のことなのに不思議な気がした。夜そのものが魔法のようだ。

引き戸を抜けて階段を降りると、去ったはずの夜が甦《よみがえ》る。歳月に滅ぼされるまで、ここでは細長い永遠の夜が続くのだ。

あのドアが見えてきた。最後に砂子が閂をはずしたままだ。市原は右手を差し伸べて右のパネルを押したのだが——開かない。「ん?」と足を止めたので、すぐ後ろを歩いていた安寿が追突しかけた。

「どうしたの?」

「変だな。閂が掛かっていないのに開かないんです」

左のパネルを押しても動かない。

「向こう側から掛かっているのよ。そうとしか考えられない。砂子さんの仕業《しわざ》ね」

「どうしてそんなことを?」

「知らない」

「地上に出て、あちらに回るしかなさそうだ」

と、安寿がおかしな声を発した。

「市原さん、足許を照らして。それは何？」

ここで唯一の光が床を掃く。ドアの下から赤い液体が流れだしていた。

「まさか血じゃないわよね」

「もしそうだったら、えらいことですよ。大量出血だ。どれどれ」

屈み込んだ市原は、すぐに勢いよく立ち上がった。

「これ、血のようなんですけれど……。固まっています」

「まさか砂子さんが――」

安寿が前に出て、激しくドアを叩きだした。カメラマンの名を連呼するのだが、返事はない。浩光は、じれったくなった。

「大怪我をして意識がないのかもしれません。上からあっちに行ってみましょう」

先頭を切って廊下を走り、階段を駈け上り、家を飛び出したまではいいが、その先が判らない。まごついていると、市原が「こっちです」と追い越していく。昨夜、彼らが「あっち」と指差した方へ。

廊下で転んだぐらいで、あれだけ出血するとは考えにくい。砂子の身に何があったのか、見当がつかなかった。

家を囲んだ杉の木立を抜け、太陽を背にして走ると、じきにまた杉木立が見えてきた。その間に、古びた家が覗いている。目指す隣家に違いない。

先にその前にたどり着いた市原が「砂子さん！」と甲高《かんだか》い声をあげた。地下で危機に瀕しているのかと思われた男が立っていたのだ。

「どうかしましたか？」

カメラを胸許で構えたまま、彼は怪訝《けげん》な顔をした。市原が呼吸を整えてから事情を説明すると、不精鬚が伸びた顎に手をやる。

「俺はこのとおりピンピンしていますよ。その血みたいのって何だろう。野生動物が死んでいるのかな」

「地下に迷い込んだ猪《いのしし》がパニックになってドアに突進したとか？　うーん、そんなことってあるかな」

「この家から地下に潜ってみましょう。あっちからでは確かめられないんだから」

追いついてきた安寿は、砂子が無事なのを見て胸を撫《な》で下ろしていた。朝っぱらから大騒ぎだ。

だが、すぐには入れなかった。玄関に板が一枚打ちつけられていたからだ。市原と砂子は、石で叩いてそれを剝《は》がしにかかる。釘《くぎ》が錆《さ》びて折れていたのか、思ったより簡単に取れた。

中に入ると、やはり広間のようになっていて、ガラスが割れた窓から陽が射している。半ば開いている窓もあった。

「なんだ、あの窓から入ればよかったんだ」

石を振り回した際に痛めたのか、親指をなめながら市原は悔やんだ。

壁には黒いペンで落書きがしてある。〈神よ、地の底でさまよう者を救いたまえ〉。真摯《しんし》な鎮魂のメッセージにも読めるが、顫《ふる》えた筆跡が無気味だ。

四人は手分けをして、地下への入口を捜した。じきに奥から「あったわ」と安寿の声がする。

「向こうとペアの引き戸よ。これに間違いない。——ほら、階段が」

「僕が見てきましょう。汚いものかもしれませんから、皆さんはここにいてください。猪の死骸なんか見ても仕方がない」

市原の心配りだったが、安寿は「いいえ」と応えた。

「野生動物だとは思えない。この引き戸、閉まっていたんだもの」

編集者は眉を顰《ひそ》めた。猪が扉を閉めるはずもない。

「昨日の零時で取材は完了したと思ったけれど、これから本当のミステリーを目撃するようですね」

一列縦隊になって地下へと潜った。廊下を歩き出しても特に変わった様子はない。リズムが定まらない靴音が、トンネル内に不安に響くばかりだ。

浩光は、先頭を行く市原のすぐ後ろを歩いていた。もう四十メートルは歩いたか、というあたりで、編集者は懐中電灯を前方に突き出す。壁とドアに光が届いた。

「あっ！」

前を行く二人は、同時に叫ぶ。と同時に市原が懐中電灯を取り落とし、闇が視界を覆った。

「人が、そこで――」

声を顫わせる市原を押しのけて、砂子が前に出た。再びドアに向けられた明かりは、無惨な光景を彼らに突きつける。

胸にナイフの刺さった男が床に尻を突き、ドアにもたれていた。両目は見開いたままで、瞬きもしない。床には血溜まり。

どこかで見たような顔だ。そう思った浩光の傍らで、市原が呻《うめ》く。

「宮松さん、どうしてここに……？」

安寿の悲鳴が長い廊下に響き、凄まじく谺《こだま》した。

2

京都縦貫自動車道から国道27号線を経て、ひたすら走る。京都市を出てから二時間足らず。うねりながら市域を貫流する由良川《ゆらがわ》の手前で国道8号線に入り、JR舞鶴《まいづる》線の鉄橋を右に見ながら川を渡ってそのまま直進すると、もう綾部の市街地だ。近年は人口が四万人を切る盆地の小都市だが、古くから拓《ひら》けた歴史ある街で、現在に至るまで京都府北部の交通の要衝《ようしょう》である。宗教法人大本《おおもと》や繊維メーカーのグンゼ発祥の地としても知られる。

東からきた舞鶴線と南からきた山陰本線が松葉の形を描いて合流したところが綾部駅。私たちの車はその前を通過し、八百メートルばかりいって停まった。盆地にぽつんと聳《そび》える四尾山《よつおやま》を背にして建つのは、綾部警察署である。

助手席から降りた私は、大きく伸びをした。運転はずっと火村《ひむら》に任せっぱなしだったのだが、疲れた。彼と京都で落ち合うため朝早くに大阪を出ているので、寝不足だった。

白いジャケット姿の火村英生《ひでお》准教授は、老骨に鞭《むち》打って走ってきた愛車のボディを撫でる。あちこちが凹《へこ》んだ年代もののベンツを労《ねぎら》うように。

頭上の太陽が眩《まぶ》しく、まだ残暑は厳しい。

「夏休みやというのに、教え子のためにひと仕事。ご苦労やな、火村先生」

私が言うと、すかさず切り返される。

「声をかけられて、それについてくるご苦労な人間が有栖川有栖《ありすがわありす》先生だ」

それはそうだが、本格ミステリ作家の端くれとして、今回の事件は無視できない。非常に不可解な状況なのだ。京都府警の柳井《やない》警部から火村に、火村から私にも連絡が入ったおかげでその捜査に立ち会えることになった。本業は後回しだ。幸い仕事の谷間にあたっていた。

いるので、綾部署では、鉢の開いた頭の警部が私たちの到着を待っていてくれた。刑事らが出払って捜査本部には人影が疎《まば》らだ。

「署長は席をはずしています。戻ってきたらご紹介しましょう。——ま、こちらへ」

応接スペースに通されてソファに掛けた。テーブルの上には捜査資料らしきファイルがすでに用意されている。

「日比野君の容態はどうですか?」

最初に火村の教え子を気遣う言葉が出た。死体の第一発見者の一人である日比野浩光は、体調を崩して二日前から京都市内の自宅で静養している。昨日、私たちは彼を見舞うと同時に、事件についてひととおりの話を聞いた。

「死体を見たショックのせいではなく、疲労でダウンしたようです。もう元気にしていました」

火村の答えに、警部は安心した様子だ。

「そうですか。見た目が少し繊細そうだったので心配していたんです。受け答えはしっかりしていましたけれどね。しかし、火村先生の教え子だったとは」

「私の講義を一つ履修しているだけです。顔には見覚えがありましたが、名前までは覚えていませんでした」

「殺人事件に巻き込まれて、先生に相談を持ちかけたということは……。先生がフィールドワークとして警察の捜査に加わっているのを承知してのことですか？」

「私が府警によく出入りしているらしい、と察しをつけただけです。フィールドワークについて学生たちに吹聴《ふいちょう》したりはしていません」

「それはもう、はい、判っています」警部は私を見て「有栖川さんも、大阪から遠路お運びいただき恐縮です。何しろ推理小説もどきの状況なもので、助言をいただければありがたいのです」

「お役に立てるかどうか判りませんが」とだけ応えた。

「まるで推理小説だ。実際、そんな声が昨日から現場であがっています。犯行現場は非常に辺鄙《へんぴ》なところで、そのすぐ近くに被害者と近しい人物が三人もいた。動機がありそうな者もいる。それでいて犯人が絞り込めない。三人とも犯行が不可能に思える」

およそのことは日比野浩光に聞いて理解していた。彼の話したとおりだとしたら、犯人がいないことになる。

「被害者の宮松達之はご存じですか？」

火村は「いいえ」と答えたが、私はテレビで何度か観たことがあった。綾部出身とは知らなかったが。

「心霊ライター、オカルト研究家。そんなような肩書きだそうですね。怪しげなことに詳しいタレントと言う人もいます。どこの馬の骨かと思ったら、ここの旧家の息子でした。それも室町時代からの名家で、優秀な長男と次男が家業を継いでいます」

殺された達之は不肖《ふしょう》の三男坊だった。故郷を出て、勝手気ままに生きていたらしい。奇《き》矯《きょう》な心霊ライターとしてテレビに出演しだしてからは、親族の間で恥さらし扱いされていたという。そこまでされる筋合いはないだろうに。

「挙句の果てに、殺人事件の被害者として全国に報道され、一族郎党の悲しみだけでなく怒りも買っているみたいですよ」

「そんな故人を弔う意味でも、早く犯人を挙げたいものですね」

火村がふだんにないことを言う。被害者に同情したのかもしれない。故人ではなく、被害者と呼ばれるのは憐れだ。

「警察としても、そうしてやりたい。今夜が通夜、明日が葬儀になっています」

死体発見は九月七日の朝だった。司法解剖に付された遺体が遺族宅に帰ったのが八日。その日のうちに通夜をしなかったのは、告別式を仏滅の十日に執り行なうためとのことだ。

「関係者の三人には無理をお願いして、ずっと当地に滞在してもらっています。さすがに明日の葬儀に参列した後は東京に帰るのを止められません。それまでに首根っこを押さえられたら、とがんばっているんですが」

残された時間は、あと丸一日しかない。

「彼らは通夜にも出るんですか？」と私。

「いいえ。そちらは近親者だけで済ませるそうです。由良川沿いのホテルに泊まっていますから、後ほどご案内します」

市原朔太郎、九谷安寿、砂子勇。

三人はホテルで所在なく時間を過ごしていると想像する。刑事の監視が張りついているはずだ。

私たちは、関係者の話を聞いてから現場を見にいくつもりでいる。向こうに着くのは夕刻だろう。その予定を伝えると、警部は小さく頷《うなず》いた。

「夜の現場に立ってみるおつもりですね。犯行時刻が深夜ですから、それがいいかもしれません。しかし、山奥ですから帰りが面倒ですよ。署の車でお連れできればいいんですが」

人も車も余裕がないらしい。もとより、そこまでの配慮は期待していなかった。

「地図でしっかりと場所を確認してきましたから大丈夫です。現場にはまだ人が配置されているんですね？　張りついている方に話を通しておいてもらえれば充分です」

火村は歯切れよく言った。ちなみに今夜の宿は未定だ。もちろん現場で寝泊まりするわけにはいかないし、車の中で仮眠というのも避けたいものだ。

「では、本題に入ります。資料をご覧になりながらお聞きください。これが現場です」

二軒の家の外観、物がない内部の様子を見る。よく似た造りだ。屋敷林に囲まれた二軒は東西に並んでいて、日比野浩光が迷い込んだのは東の家だった。東西の家の間を、地下通路が一直線で結んでいる。その長い廊下の写真もあった。閉所恐怖症の人間は敬遠したくなりそうな細いトンネルで、こんな代物《しろもの》を個人の家の地下で見れば驚くだろう。

死体となった宮松達之は、顔貌《がんぼう》が大きく変わっていた。それでも確かにテレビで観たあの人物だ。軽薄な調子で語尾に「だって言うのよ」を連発していた男。白っぽいシャツの左胸に、小振りのナイフが垂直に突き刺さっている。当然、シャツは血まみれで、凄惨な有り様だ。投げ出した両脚にはライダーズブーツを履いていた。

「最初に伺いたいんですが」火村は写真に目をやったまま言う。「この地下通路は、何のためのものなんですか？」

私も知りたい。警察ならば把握していると思ったのだが、柳井警部の答えは意外なものだった。

「はっきりしたことは判りません。掘らせた人間が亡くなっていますので」

「建設会社社長のことですね？」

「ええ。その社長が部下に命じて建造したことは確認できています。しかし、用途は不明です」

「すると、幽霊だか亡霊だかは別にして、九谷安寿が日比野に語った背景がそのまま事実だった可能性もあるんですか？」

「いいえ、それは違います。病身の社長令嬢が一方の家で静養していたのは事実ですが、そんな時期もあるという程度で、主に社長が保養に使っていましたし、もう一方の家の住人は青年ではありません。かつて近辺に住んでいた人から聞いたところでは、画家は画家でも女性の日本画家だったとかで、地下通路は、その女性の許に社長が忍んで行くためのものだと言います」

村人の目を憚《はばか》ってのことだろうが、トンネル工事そのものを見られていたのなら意味はない。この説にも疑問が残る。火村もすっきりしないようだ。

「それにしては大袈裟だ」

「故人は、豪気なことをして女性の気を惹《ひ》くのが好きだったみたいですよ。新しい工法の実験を兼ねて造ったんだろう、という人もいます」

「真相は霧の中ですか」

「困りますか？」

「いえ、おそらく殺人事件と通路の来歴に関係はないでしょう。好奇心からお訊きしただけです。とにかく、そのようなものがあるわけだ」

「ええ。それにまつわる因縁が、いつから囁かれていたのかは定かでない。怪談なんてそんなもんでしょう。病弱な娘の方が画家だったとか、いくつもバリエーションがあるようです」

これまでの捜査によると、事件の関係者の中にトンネル工事に何らかの関わりを持つ者はいない。

「彼らは、その二軒のうち幽霊が訪ねてくると信じた東側を〈長い廊下がある家〉と呼んでいます。愛称みたいなものです。噂を聞きつけ、雑誌の連載で取り上げようと提案したのは宮松達之でした。二ヵ月前に市原が出版元の編集会議を通し、宮松とともに建物の現所有者と交渉するなど準備を整えました。宮松は、事前に下見もしています」

市原、九谷、砂子の三人は九月六日の昼に新幹線で東京を発《た》ち、午後三時に京都着。一服してからレンタカーのミニバンで現地に向かう。宮松は別行動だった。

「七月に祖父が他界して、その遺産分けについて言いたいことがあったとかで。一族の鼻つまみ者として、ひと悶着《もんちやく》起こしたようですね。ただし、あまり深刻な問題とは思えません」

取材クルー三人が〈長い廊下がある家〉に着いたのは、午後六時。宮松は七時に現地で合流する予定だったが姿を見せず、電話がかかってくる。

「『用事が済まないのでまだ行けない。一時間ほど遅れるけれど、取材に支障が出ることはない』という内容の電話です。受けたのは市原。『できれば、そちらを出る前にお電話ください』と応じています」

次の電話はなかなか入らなかった。そうこうしているうちに、日比野浩光が迷い込む。これが八時過ぎだ。

「三人は、現地に着いてから何をしていたんですか？　日比野が現われるまでに二時間が経過していますよ」

　火村は細かいことを気にした。

「東京から取材現場は遠いので、予備の時間を多めに取っていたんです。スムーズに着いたので、いくらか時間を持て余したそうですよ。また、これは取材の一環ですが、近くの廃村を探索したりしていますよ」

　八時以降のことは日比野から詳しく聞いている。しばらく知っている話が続いた。

「八時二十五分に、市原が宮松に架電したところ、『今、家を出たところだ。そっちに着くまで一時間はかからないだろう』という返事でした」

　それも聞いた。ならばとクルーが先に廊下で撮影を行ない、浩光と安寿が地下をうろうろしている間に宮松がやってきたことも。

「宮松は腹を立てて帰ってしまったそうですけれど、具体的にどんなやりとりがあったんですか？」

　火村は、宮松の死に顔がアップになった写真を手に尋ねる。

「着いて早々、『こんなところで言いたくないが、未払いのギャラはどうなっているんだ？金のことだけはきちんとしてもらいたい』です。端《はな》から喧嘩《けんか》腰でした。市原も砂子も、『とにかく機嫌が悪かった』と証言していますよ。理由はあるんですよ。遺産分けについての話し合いがまとまらなかった。長兄たちとどなり合いになり、憤然として家を出たのだとか。それを引きずっていたものと思われます。ほとんど八つ当たりですね」

「宮松のクレームに正当性はなかったんですか？」

「市原によると、『自分の立場を離れて言うと、宮松さんの不満も二割ぐらいは理解できる』ということです。『それにしても、取材をキャンセルして帰るのは非常識すぎる』とも」

「第三者であるカメラマンの見方は？」

「その件については、事情が判らないので何とも言えないようですね。『帰ったのは大人げない。呆れたけれど、わがままなあの人らしい』と話しています。――しかし、そんなことよりも興味深い事実があります。砂子勇は、被害者に借金があったんです。百八十万円ばかり」

「莫大な金額ではありませんが、それでも大金ですね。二人は金の貸し借りをするほど親密な仲だったんですか？」

「雑誌の連載以外にも、仕事で一緒になることがあったという程度です。宮松が他の人間にせがまれ、『利息はいつもどおり』と気軽に応じているのを見かけて、十万円の融通を頼んだのが始まりです。生活に困窮していたわけではありません。ギャンブルの種銭《たねせん》にしていたんです」

「現在、百八十万円に借金がふくれているということは、返済がうまくいっていなかったんですね。それは砂子自身が告白したんですか？」

「いいえ。まず市原が、『告げ口みたいですけれど』と断わってから話してくれました。宮松がギャラの不払いに怒った際、『砂子さんも早く年貢を納めてください。踏み倒そうなんて料簡が見えたら、痛い目に遭いますよ』と吐き捨てたと言うんです。それで砂子本人に問い質《ただ》すと、百八十万円の借金がある、と。『本当にそれだけですか？』としつこく訊いたら、『疑うのなら借用書のコピーをお見せしますよ』と言われました」

得意げに見せるものではない。そればかりの金額で人を殺すわけがないだろう、と言いたいのかもしれないが、犯行の動機として充分と警察は判断するかもしれない。砂子の収入によって、重くも軽くもなる金額だ。

「宮松がむくれて帰った後、九谷と日比野が上がってきます。彼らは宮松抜きで取材をすることにして――」

以後はまた、日比野に聞いたとおりの話が続いた。翌朝、宮松が遺体となって発見されるところまで。火村は、ほとんど質問を挟むこともなかった。

「死因は、左胸部を正面から鋭利なナイフで刺されたことによる出血性ショック死。凶器は、死体の胸に突き立ったままでした。刃渡りは七センチ。かなり古いもので、入手ルートをたどるのは難しそうです。外国製かもしれません」

警部は、右腕を伸ばしてその写真を示した。

「格闘や抵抗をした顕著な形跡はありません。血溜まりの様子から見て、犯行現場はドアのすぐ前。刺された後、犯人から逃れようとしたが力尽き、ドアにもたれるようにして崩れ落ちた。ドアに血がついているのは、振り返ってドアに倒れ込む時についた血の痕と思われます」

写真からもそんな状況が読み取れる。

「この様子だったら、犯人はかなりの返り血を浴びていますね」

私が言うと、警部は哀しげな顔になる。

「ところが、そうとも限らない。刺された瞬間に勢いよく出血したのなら、床や壁にもっと血が飛ぶのが自然です。写真をご覧になれば判るように、そうはなっていません。血溜まりの形からして、出血はだらだらと続いたと思われます。死体の右手が血で真っ赤に染まっているでしょう。被害者はとっさにナイフを抜こうとしたらしい。それが原因で大量の血が出たんですよ」

「つまり、犯人は返り血をあまり浴びていないんですね？」

「現場にいた全員の衣服と靴を精査しましたが、それと見られるものは検出されませんでした。死体発見時に血溜まりを踏んだ痕だ、と言い逃れができるものばかりで」

犯人は運に恵まれていたようだ。

「死亡推定時刻は、九月七日の零時から午前二時。それ以後とは考えられないというのが剖《ぼう》検《けん》の結果です」

死亡推定時刻について話す時、警部は声に力を込めた。それこそ今回の事件のポイントなのだ。

「午前零時から二時」火村は復唱する。「その幅はもう少し狭まりますか？」

「取材のため、関係者たちは零時に地下通路のドア前に集まりました。そして、零時を過ぎた直後に、砂子勇がドアを開けています。その時に死体がなかったのは確実です」

「彼らは、その後すぐに一階に戻っていますね」

「ええ。六十七メートル戻って、階段を上がるのに要する時間は、ほぼ一分。犯行は零時二分以降でしょう。わずかに絞れました」

冗談のようだが、真面目な話だ。その後に四人で酒盛りが始まるから、実際はさらに絞れるはずだが。

「後ろは狭まらない？」

「駄目ですね。その時間帯、現場周辺にいた人間は四人だけです。他には絶対に誰もいなかったという保証はありませんが、行きずりの何者かがあの家に立ち寄り、地下通路で宮松を刺殺したと考えるのは無理がありすぎます。ちなみに宮松の所持品の中には、十万円の現金やクレジットカードが三枚入った札入れがありましたが、盗まれずに遺《のこ》っていました。また、死体がもたれていたドアからは四人分の新しい掌紋が検出されています」

「被害者は、どうして西側の家にいたんでしょうね」

私は、昨日から疑問に思っていることを口にした。

「判っていません。いつからあの家にいたのかも」

九時半に仕事を放棄して立ち去った後、そのまま隣家に向かったのかもしれないし、深夜に思い直して戻ってきたのかもしれない。前者だったら頭を冷やすためか？　後者だとしたら、どうして東ではなく西の家に行ったのかが謎だ。

「市原たちも首を捻《ひね》るばかりです。しかし、ごく単純なことかもしれませんね。怒って出て行ったはいいが、実家でもひと悶着起こしているので行き場がない。そこで、空き家である西の家で一夜を過ごすことにした。――火村先生はどうお考えですか？」

「今、警部がおっしゃったとおりでしょう。怒りが鎮まったら、東の家に顔を出すつもりだったのかもしれない」

七日の朝、市原たちは地下通路で変わり果てた宮松を見て驚愕《きょうがく》するのだが、西側の庭を見ていたら少しは心の準備ができただろう。そこには宮松が乗ってきたご自慢の赤いドゥカティが駐めてあったのだから。

「事件の現場付近にいたのは四人ですが、先生の教え子である日比野浩光は宮松とまったく面識がありません。突発的な殺意が生じるきっかけがあったとも考えにくいので、畢竟《ひっきょう》、容疑者は残る三人ということになります」

「沙子はともかく、市原にも動機らしい動機はないように思えますけれど」

私は率直に述べた。不払いのギャラがあったとしても、それはマンダランド企画なる会社が責任を持って処理すべきもので、市原個人にとっては問題ではない。

「有栖川さんがおっしゃるとおり。動機面から最も疑わしいのは、九谷安寿です。彼女と宮松は、二年前の夏から一年間ほど同棲をしていました。その関係は破綻し、現在は仕事の上だけのパートナーとなっていたんですが、宮松は彼女に未練たらたらで、縒《よ》りを戻そうと必死だったらしい」

「彼女自身が警察に話したんですか？」

だとしたら、やけに正直だ。

「これは砂子の告げ口です。『つきまとわれて怖い。今夜、もしも宮松がおかしな素振りを見せたら私を守って欲しい』と頼まれていました。砂子にすれば、『借金の負い目があるのに、そんなことをしたら自分が痛い目に遭う』と内心弱っていたそうですが」

その証言を安寿にぶつけ、根気よく聞き出したところによると、自宅近くで宮松に帰りを待ち伏せされたり執拗《しつよう》に電話をかけられたりしたため、最寄りの警察署へ相談に行くことも考え始めていたと供述したのだ。近隣住人も一端を目撃しているという。

「殺人の動機としては強弱ありますが、三人が三人とも宮松達之との間にしこりを抱えていたわけです。そして、犯行現場から至近の場所にいた。にも拘《かかわ》らず、誰にも殺せなかった状況が——」

「つまり、これですね？」

死体がドアにもたれた写真。その中の一点を指しながら火村は言った。

「ええ、そうです。市原、九谷、砂子の三人に日比野を加えた四人は、ずっと東の家にいました。午前零時から二時までの間、トイレに立ったり、化粧を落としたり、電波状態のいいところで携帯電話のメールをチェックしたり、席をはずす機会は全員にありましたが、林を抜けて西の家まで行って帰れるだけの時間、一人きりになった者はいません。みんなに確乎《かっこ》たるアリバイがあるわけです」

日比野もそう断言していた。法廷で宣誓した上で証言できるという。

柳井は、忌々《いまいま》しげにまくし立てる。

「東西の家は地下通路でつながっていました。犯行現場自体、その通路です。ならば、地下を通って殺しに行けたのではないか、と思ったのですが、それはできなかった。ドアには西側からしっかりと閂が掛かっていたんですから」

3

リバーサイドのホテルを訪ねたら、市原と安寿は不在だった。詰めている捜査員によると、気分転換に外出しているのだとか。とりあえず砂子と会うことにした。

一階のティーラウンジに降りてきたカメラマンは、顎に濃い鬚をたくわえている。それを見ていたら、訊いてもいないのに「逃走用に伸ばしているんです」と言った。

「用意がいいですね」と私は受ける。

「殺人事件の容疑者になるとは思いませんでした。まだ三十三年しか生きていませんが、人生色々あるもんです」

不貞腐《ふてくさ》れているふうでもなく、むしろ退屈しのぎになるので喜んでいるようだ。私たちの素性については、事前に捜査員から伝わっていた。

「日比野って学生さんの大学の先生で、犯罪学がご専門ですか。白いジャケットがお似合いですね。こちらの有栖川さんは推理作家。珍しい組み合わせだな。協力しますよ。何なりと訊いてください。ここ三日で取り調べに慣れてきました」

「取り調べというようなものではありませんが、警察と同じ質問もするはずです」

「それはそうでしょう。犯人探しという目的が同じですからね。気にしなくて結構ですよ、火村先生」

鬚のカメラマンは鷹揚《おうよう》だ。だが、痛いところを質問で突かれたら、この態度がどう変わるか判らない。

「警察があなたに容疑をかけているのは、犯行時間に現場のすぐ近くにいたからなので仕方がありません」

「あんな人里離れたところですから、それは理解できます」

「あなたが被害者の宮松さんから金銭を借りていたせいもあるでしょう。百八十万円でしたっけ」

「それは元本です。利息を含めたら二百数十万ぐらいでしょう。誰にどれだけ返せばいいのかな」

ぷいと窓の方に目をやった。宮松を殺しても誰かが負債を引き継ぐのだから、彼を殺しても自分に利益はないとアピールしたいのかもしれない。カメラマンの視線の先では、由良川の川面《かわも》が眩しく輝いている。

「宮松さんから返済を強く迫られていたということは?」

「いいえ。そりゃ催促はされましたけれど、常識的なものです。あの人の銀行口座を調べてもらえば、砂子勇から何度も入金があったことが記録に残っているはずです。決して借りっぱなしだったわけじゃない」

「六日の夜、〈長い廊下がある家〉にやってきた宮松さんは、あなたにぞんざいな口調で返済を求めたそうですが」

「虫の居どころが悪かっただけです。だいたい、ふだんから上品に話す人じゃない」

砂子は窓を見たまま答えた。テーブルの上では、人差し指と中指にタップダンスを踊らせている。

「脅迫されたようには感じなかったんですね？」

「全然。私は、いわば金貸しミヤタツさんの顧客ですからね。『毎度おおきに』と礼を言われてもいいんです」

借金についての質問はそこまでだった。

「宮松さんは、ギャランティーの不払いのことで市原さんに抗議したそうですが――」

火村が質問を言い終えるのを待たない。

「あれもねぇ、見ていて馬鹿みたいだった。そんなことは取材が済んでからにしろよ、と舌打ちしたくなりましたよ。あの人らしいとも思った。ガキなんですよ、根がガキ。死んだ人をこう評するのはまずいかもしれないけれど」

「着くなりギャラの話ですか？」

「挨拶の次ぐらいでした。『いきなりで申し訳ないけれど』と言いながらね。『仕事の前にすっきりしたいから』なんて。言い分は正しいのかもしれないけれど、みっともなかった」

「市原さんの反応はどうでした？」

「面喰らっていました。現場責任者としては、『そのお話はまた後で。ご納得いただけるまでご説明しますから』と言うのがやっとですよ。彼は優男《やさおとこ》ですから、ミヤタツさんみたいなタイプは本来苦手なんだ。仕事の上ではありがたい人だったので、うまく御《ぎょ》していただけで」

「〈長い廊下がある家〉も、宮松さんが見つけたんだそうですね」

「大発見でもありません。ネット上でもこっそり噂になっていました。オカルトのファンは多いんです。ただ、場所を正確に知らない人間の書き込みばかりだったので、あの家はまだマスコミに取材されていなかった。東洋テレビに一歩先んじることができたのは、ミヤタツさんの鼻がよく利いたからかな。実家から近かったので、たまたまおいしい情報が耳に入ったということなのかもしれない」

「皆さんの取材チームは、結成されてどれぐらいですか？」

「〈ブラック&ホワイト〉の連載と同時だから、ここ一年半です。その間にミヤタツさんと安寿さんが私生活では別れたり、私がミヤタツさんの債務者になったり、人生模様が賑《にぎ》やかに繰り広げられたわけです」

「それでもチームワークは良好に保たれていたんですか？」

「仲よしサークルでもなかったけれど、あれなら良好でしょう。ミヤタツさんがたまに駄々を捏《こ》ねるぐらいでした」

「駄々と言えば、彼は別れた九谷さんに未練がましい態度をとっていたとか？」

「安寿さんは迷惑がっていました。『今はまだ我慢できるけれど、エスカレートするのが怖い』と。六日の取材の折にも、『あの人が変な真似をしようとしたら守ってね』と頼まれたぐらいです。まさかそれはないだろう、と本気にしていませんでしたけれどね」

宮松達之は粗暴な男ではなかった、ということだが、九谷安寿が脅威を覚える根拠があったのではないか。端《はた》からは判りにくいところだ。

「取材当日のことについてお訊きしたいのですが」

火村は話を切り換える。砂子が語るのは、既知のことばかりだった。話が零時の取材の場面に及んだところで、やっと言葉を挟む。

「ドアの向こうまでレディはきていたが、『もういない』。九谷さんはそう言って立ち去り、あなたはドアを開いて写真を撮った――」

「ええ。しかし、変わったものは何も写りませんでした。その時の写真は、捜査の参考になりそうだというんで刑事さんに渡しましたよ」

他の写真も、彼は警察の求めに応じて提出している。そして、火村と私はそのすべてを綾部署で見ていた。ドアの向こうに死体も血の痕もなく、フラッシュが届く限りの廊下にも異状は見られなかった。

ここで初めて砂子の方から火村に質問をする。

「犯行があったのは、零時から二時の間。そう聞いているんですが、確かですか？」

「そのようですね」

「だったら、やっぱり私たちは無実ですよ。零時から二時まで、あの家を出た者はいない。玄関の外で携帯電話をかけたり、メールを送受信したりということはありましたが、そんなのは数分のことです。隣の家まで走っていって、地下でミヤタツさんを殺して戻ってくる時間はない。——警察はそれを理解してくれているんですか？」

「理解しているからこそ、頭を悩ませています。そのへんについて執拗に尋ねられているんじゃないですか？　私もお訊きしたい」

「訊くって、何を？　衝撃の新事実を掘り出そうとしても無駄ですよ。これまでと同じことしかしゃべれません」

「最も長い時間、外に出たのはどなたですか？」

「刑事さんもそんな訊き方をしました。該当者は市原さんかな。横浜のデザイナーに電話をするとか言って、五分近く出ていました。でも、隣まで行って人を殺して戻る余裕はありません。時間的に苦しすぎる。それに、あの人が電話で話す声がぼそぼそと聞こえていました。警察は通話記録で確認済みだと思いますよ」

「その次は？」

「部屋が煙ってきたので、煙草を吸いに出た私でしょう。それもせいぜい四、五分。——先生は、現場を見ましたか？　この後で行く。そうですか。行けばそればかりの時間で隣家に行って帰るのは不可能だと判りますよ。ものも言わずにミヤタツさんを電光石火の速さで倒したとしても、往復するだけで十分以上はかかったはずです。二軒の家は直線距離だと百三十メートルほどしか離れていませんが、屋敷林の中を通っている道は一直線じゃない。二百メートルはありますよ。ガラスが割れた窓から侵入し、隠し戸から階段で地下へ降りる時間も加味しなくちゃならない。しかも、いかにも全力疾走で戻りました、というところをみんなに見せるわけにもいかないわけでしょう。五分で殺人ができるトリックがあるなら教えてもらいたいもんです」

トリックと口にする時、私を一瞥《いちべつ》した。

「そうか、やっぱり不可能ですか」

火村は消沈した声になって、若白髪まじりの頭を掻いた。そんなにあっさり諦めるはずがないから演技だろう。

「でも、発想を逆転させれば可能だったかもしれない。外を回って行けなかったのなら、中を通って行ったとも考えられますよ。犯行現場は地下通路の中央です。例のトンネルをくぐれば、片道七十メートル弱だ。格段に時間を短縮できます。極端な話、廊下のドア付近で宮松さんと待ち合わせをし、歩み寄るなりナイフで刺して、急いでお仲間のいるところに戻れるのなら五分とかからないと思うんですが」

拍子抜けしたのか、砂子はわずかに肩を落とした。そして、諭すように言う。

「それもあり得ない。——私の借金の額までご存じなのに、先生は肝心のことを警察からお聞きになっていないんですかね。廊下のドアには、西側から門が掛かっていたんです。つまり、死体があった側からですよ。犯人が東の家から廊下に入り、ドア付近でミヤタツさんを殺害したのだとしたら、そんな状況にはなりません」

火村は涼しい顔をしている。

「閂のことは警察から聞いています。しかし、それこそ何かトリックがあるのかもしれません。金庫室でもないのだから、問題のドアには隙間があるはずです。そこから釣り糸でも通して操れば何とかなりませんか？」

カメラマンは、私たちとの面談に飽きてきたようだ。語るに値しないとでも思ったか。

「釣り糸を念力で操るんですか？　何とかなったと思うのなら、それも現場でお確かめになればいい。ドア越しに閂を掛けるなんて曲芸ができるのなら、ぜひ拝見したいですね」

「できると仮定してお答えいただけますか。歓談している間、皆さんが屋内で一人になる機会もおありだったでしょう。地下に行って戻れたのは誰と誰ですか？」

「仮定の質問には答えられません。意味がない。私に答えさせたいのなら、閂を掛けるトリックを見つけてからにしてください」

警察には問われるままに答えているくせに、ここでは反発する。協力すると自分から言ったのに、斑気《むらき》な男だ。

「気になるのなら市原さんと安寿さんに訊くといい。ほら、もう帰ってきますよ」

川沿いの道をこちらへ歩いてくる男女が見えていた。

「市原さんは私を疑っている」

ぽつりと言うので、「どうしてですか？」と訊いてやる。

「安寿さんを散歩に誘ったのが証拠ですよ。二人だけで事件の話がしたかったんでしょう。考えてもみてください。日比野という学生さんは除いて、容疑者は私たち三人だけ。お互いに疑心暗鬼になっている。彼は、安寿さんはシロだと信じているから二人になりたがったんです」

「それは判らない。市原さん自身が、自分がクロだと知っているからかもしれませんよ」

そう言うと、いくらかうれしそうな顔になった。

「なるほど、そんなふうに解釈してもらえるとありがたい。いい人ですね、有栖川さんは」

いい人と呼ばれなかった准教授は、最後にこんな質問をした。

「市原さんは九谷さんの無実を信じ、あなたを疑っているのだとしましょう。九谷さんもそれに同調しているんですか？」

「いいえ、安寿姫は別の人物の犯行だと考えている」

「まさか、日比野ですか？」

カメラマンは大きく首を振った。

「違いますよ。レディが殺したと思っている。彼女によると、幽霊がおのれの領域にずかずかと侵入してきたミヤタツさんをナイフで刺したんです。凶器の出どころを調べるのは困難を極めますね。冥界なんだから」

4

市原朔太郎と九谷安寿は、何を尋ねても丁寧に答えてくれた。金銭トラブルやつきまといといった不愉快な話も。警察に何度も話すうちに、平気になってしまったのか。

彼らの言を鵜呑《うの》みにすることはできない。自分にとって不都合な点は隠し、宮松の非常識さが誇張されていたとしてもやむを得ない。何しろ殺人犯の嫌疑がかかっているのだから。

「こんなことになって本当に残念です。いい取材ができたし、その後も楽しくやっていたんです。飛び入りの日比野さんも好青年だった。それが、翌朝になって……」

市原は、そう嘆いて額に手をやる。右手の親指に巻かれた絆創膏は、西の家の玄関をふさいでいた板を破る際、石を打ちつけてしまったためらしい。

「せっかくの企画もパーです。事件の当事者として記事を書くように編集部に言われましたが、そんなことはできません」

「市原さんはデリケートだものね」と安寿。

「東洋テレビさんの取材もできなくなった。僕が責任を感じるのも変だけれど、何だか申し訳ない」

職業柄か、砂子は職人タイプで自我が強そうだったが、市原は対照的に人当たりがよかった。それに眩惑されないように注意しなくてはならない。

「その楽しかった夜についてお訊きしたいんです」火村は二杯目のコーヒーに口をつけて
「零時に取材の目的を達すると、ビールを飲みながら長々と雑談に興じたんですね。五時に日比野が寝入ってからも話が弾み、お三方は六時まで起きていた」

二人は頷く。

「いつも取材の後は飲み会のようになるんですか？」

「あの日は特別です」市原が言う。「深夜に幽霊屋敷で泊まり込むことは、僕たちでもめったにありません。それで、出掛ける前から『厄祓いに飲み会をしよう』という話ができていたんです。いざその時になると気分が高揚して、ほとんど徹夜になってしまいました」

「仕事で疲れている時って、そんなふうになったりしません？」

安寿に同意を求められ、「ええ、まあ」と曖昧に答えた。作家になってからは常に仕事中もその後も孤独だが、かつては私も勤め人だった。チームで仕事をしていると、そんなこともあった気がする。

「無理に付き合わせて、日比野さんに悪いことをしました。二日酔いにした上、死体の発見者にまで……」

市原は、そのことにも自責の念を抱いているように話す。

厄祓いの飲み会。宮松達之殺害は、まさにその最中に行なわれた。彼らが交わした盃に

——紙コップだったそうだが——死の影が浮かぶことはなかったのか？

「飲み会の間に抜け出して、西の家に行けた人間？　いません。それは刑事さんに何度も明言しました。日比野さんも証言してくれたはずです」

市原の答えも、砂子と同じだ。安寿はこうも言う。

「だいたい、どうしてこっそり西の家に行ったりするんですか？　私を筆頭に、宮松さんと逢引きしたい人なんていないんですけれど」

それは判らない。当日、被害者と電話のやりとりをしたのは市原だけだが——全員の通話記録を確認済み——砂子や安寿にしても、現場にくる以前に密会の約束をしていたのかもしれない。

市原は、火村に先回りして言う。

「外から回ると遠いけれど、地下の廊下を通って待ち合わせ場所まで行くのなら五分で足りた。刑事さんは、そう言いました。だけど、それだと辻褄が合いません。あのドアは西側から閂が掛かっていましたからね。瀕死の宮松さんが最期の力を振り絞って掛けた、とは考えられないそうですよ」

傷や血痕からそう判断されるだけでなく、閂に血がついていないことから導かれた結論だ。被害者の手は自分の血で染まっていたし、閂には誰の指紋も遺っていなかった。

「こうは考えられませんか」火村はテーブルに両肘《りょうひじ》を突いた。「宮松さんと密会の約束をしていた犯人は、廊下を通って中央のドア付近で彼と会い、ナイフで刺す。西側から閂を掛けた後、廊下を突っ切って向こうの家に出ると、外を通って東の家に帰る。家の裏手にある窓を事前に開けておけば、そこから忍び入ることができます。これなら閂の謎も解けるし、外を往復するより時間が短縮できる。そうやってアリバイを偽装したんですよ」

動じることもなく、市原は言う。

「先生、それは無理です。通れない箇所がある」

「どこが難所なんですか？」

「窓から忍び入ることができません。僕たちがたむろしていた部屋以外、一階の窓にはすべて格子が嵌まっているんです。あの福助みたいなおでこの警部さんも先生が今おっしゃったルートを思いついたんですが、格子に異状がないことを確かめてがっかりしていました」

「ああ、そうなんですか。残念だな」

などと准教授は悔しがったが、これも小芝居だ。このルートについては、すでに柳井警部と同じやりとりをしている。あれこれ話しながら、相手の舌の動きを滑らかにしようという魂胆だろう。困惑を装う火村を眺めながら、市原は微笑していた。彼が悩んでいるのを楽しむかのように。

「飲み会の最中に、長く中座した人はいませんか？　時間をかければ、廊下の閂に細工ができるかもしれません」

「細工は難しいと思いますよ。あの門、とても堅いんです。現場検証なされば判るはずです」

安寿は、にべもない。

「具体的な方法は向こうに行って考えてみます」と火村はいなす。「日比野から聞いたところでは、砂子さんがトイレからなかなか戻らなかったということですが」

「腹具合が悪かったみたいですよ。とはいえ、席をはずしていたのはせいぜい十二、三分かな」

「それに匹敵するのは、九谷さんがお化粧を落としに行った時。不躾《ぶしつけ》な話で恐縮です」

「かまいませんよ、先生」安寿は目を細める。「殿方の前ですることではありませんから、奥に引っ込んで落としたんです。山奥なので苦労しました」

「一時頃には体操をなさった？」

「美容のために毎晩やっているタイ式のヨガを。これも男性陣の目が憚られたので、奥の部屋で。十分少々で切り上げましたが、不審に思われますか？」

「いいえ。幽霊屋敷にいらしても日課のヨガは欠かさない。さすがですね。これは皮肉ではありません」

市原は、ほとんど家の奥に入っていない。そのかわり、何度か戸外で長電話をしていた。

「デザイナーとの打ち合わせで二回。来月号で執筆をお願いしている作家さんと一回。それぞれ五、六分の電話です。合算すると二十分近くになるでしょうが、警部さんにもアリバイは認めていただきましたよ。それに、通話記録が残っています。そうそう、一時過ぎ、安寿さんが体操をなさっている間に、宮松さんにも一度かけてみました。もちろん、通じませんでしたけれどね」

　電波が届かないところにあったためだ。携帯電話は、死体のスラックスのポケットに入っていた。

「それにしても長い宴でしたね。日比野にはきつかったようです。体育会系ではないので」

「僕だって体育会系とは無縁ですよ」市原が真顔で言う。「これでも大学の専攻は上代の国文学でした。ビールとおしゃべりが好きなだけで、生粋の文科系です」

「へぇ、オカルト系かと思ってた」

「勘弁してください、安寿さん」

　そのアンジュ先生によるミニ怪談が披露されたり、めいめいが携帯で撮った秘蔵写真を回覧したり、ホラー映画の品評がなされたりしたという。宮松はどうしているのだろう、といった話は出なかった。みんなの頭から抜け落ちていたのか、努めて忘れようとしていたのか……。

「やむを得ないことだと判っていますけれど」安寿は言う。「お化粧を落とすのに何分かかったの、どこへ何回電話をかけただの、こと細かに問い質されるのは面白くありませんね。

そんなことを問題にするのなら、浩光君だってお留守の時間がたくさんありましたよ。ビールのせいで、しょっちゅうトイレに立っていたもの」

「彼は関係ありませんって。たまたま交じった部外者なんですから」

体ごと彼女の方を向き、たしなめる市原。

「うん、それは判っている。ちょっとグレてみたかっただけ。あの子を本気で疑うわけがないでしょ」

「彼はそんなに何度も中座したんですか？」

火村が言うと、編集者は素早く正面に向き直った。

「ええ。でも、不自然なことはまったくありませんでした。先生まで彼をおかしな目で見ないであげてください」

そのあたりのやりとりを聞きながら、火村が何を考えているのか、あるいは特に何も考えていないのか、私には測りかねた。おまけに次はこんな質問だ。

「訊きにくいことをお尋ねします。誰が宮松さんを刺したと思いますか？」

市原は慎重な態度をとり、決して砂子の名前は出さなかった。自分たちにはやれなかったのだから未知の人物でしかない、で押し通す。ただ、最後にぼそりと気になることを吐いた。

「砂子さんは別のお考えらしいけれど」

「どういうことですか？」と火村は反射的に返す。

「怖くて本人に訊いていませんが、あの人は大した根拠もなく僕を胡散《うさん》臭く思っていそうです。安寿さんにこっそり耳打ちしているのを聞きましたよ。『結局あの日、ミヤタツさんと市原さんが交わした電話で何かあったのかもしれない。どんな話をしたのやら』って」

安寿は「それだけでしょ？　『俺は、あいつが殺したと思う』なんて言ってないわ。アリバイがどうこう以前に、あの夜、市原さんの言動には少しもおかしなところがなかった。砂子さんはトイレから帰ってきた後、しばらく無口になったわね。その後でハイ・テンションに戻ったけれど。あたし、ああいうことの方が引っ掛かる」

「九谷さんは、そんな砂子さんの挙動を怪しんでいるんですね？」

安寿は、冷ややかに犯罪学者を見た。

「違います。あの人は、百万二百万のお金のために人を殺すほど小さな男ではないし、あたしたち同様に犯行の機会がありませんでした。無実です。——火村先生に訊かれるまでもなく、あたしは警察に具申したんですよ。この事件は、あの長い廊下をさまよっている霊と無関係のはずがない。自分の領域を荒らされたレディの仕業だと考えるのが妥当です。当然、顧慮すべきでしょう。なのに、全然判ろうとしない。一笑に付されてしまいました」

いたく自尊心を傷つけられたのだ。しかし、唯物論者の火村がそんな彼女を慰めるはずもない。

「幽霊なら幽霊らしく、ナイフを振り回したりせずに呪い殺せばよさそうなものですが。

——亡くなった宮松さんも幽霊のことを理解していたはずです。どうしてレディへの配慮を欠いたんでしょう？」

「よく理解していなかった、としか言えませんね。その生半可なところが幽霊の逆鱗《げきりん》に触れたのかもしれません」

彼らとの面談は、それで終わった。最後が幽霊の話になってしまい、徒労感を覚える。日が傾くまでには、まだ間がある。それでも火村は早く現場を見に行きたそうにしていた。たまりかねて私は言う。

「そう焦《あせ》るなよ。人として大事なことを忘れてるんやないか？　ホテルのティールームにいてるっていうのに」

「大事なこと……。判らないな」

あまりの鈍さに、私は卓上にあったメニューを開いた。

「昼食を済ませてないやろ。カレーぐらい食べさせてくれ」

「そうか。何か忘れているとは思っていたんだ」

真顔で言われたら絶句するしかない。

5

あの夜、〈長い廊下がある家〉で何があったのか？　現場へと走る車の助手席で私は想像を巡らせたが、大した考えは浮かんでこない。関係者三人の証言にも、真相究明への取っ掛かりはなかったように思う。知らず知らずのうちに呟いていた。

「アリバイか、密室か。まず、それが問題やな」

「東の家から西の家へ、外を通って行ったのか、地下通路を通って行ったのか、ということだな？」火村が言う。「外を通ったとすると時間が足りない。通路を通ったとしたら密室状況の説明がつかない」

「そういうことや。どっちを考えたらええんやろうな」

「そこで立ち止まると動けなくなりそうだ」

「はっきりしてもらいたいんや、俺は」

われながら誰に要求しているのやら。

「犯人は探偵の都合を考えてくれないもんだろ。ミステリ作家が甘えちゃいけない」

「ミステリでは、はっきりしてるもんなんや」

両側から緑が迫る道で、車窓が美しい。まさに重畳《ちょうじょう》たる山並みだが、二十数キロ北は舞鶴。由良川が注ぐ日本海なのだ。オンボロのベンツは小さな集落を一つ二つと通過していく。

「これがアリバイ崩しの問題だとすると、戸外にいた時間が最も長い市原朔太郎が怪しいわな」

私はしゃべりながら検討する。火村は黙って聞くだけだ。……多分、聞いているのだと思う。

「しかし、彼が一人になったのはせいぜい五、六分。それが三回あって、足したら二十分になるらしいけれど、足し算しても意味がないいんやなぁ。犯行を三分の一ずつ済ますわけにはいかんのやから。もしも、この事件で犯行そのものを分割して行なう方法があったら、かなりすごいトリックやぞ」

哀しいかな、それがどんなものなのか見当もつかない。

「地下へ降りてそのまま犯行現場に向かったんやとしたら、宮松達之を殺害した後、ドアの西側から閂を掛けるトリックが必要になる。被害者自身が閂を掛けたと考えたら簡単に説明がつくんやけれど、現場写真を見たところ、素人《しろうと》目にもそれはあり得んかった。掛け金に細工をするのができんかったとしたら……閂に細工してへんのやったら……つまり、それは！」

何か見えた気がした。

「独りで盛り上がってるな。閂に細工をしていなかったんなら、犯人はどうしたんだ？」

「あ、聞いてたんか」嫌でも聞こえる。「残された道はただ一つ。閉まったドア越しに刺したんや」

「面妖《めんよう》な話だな。どうしたらそんなことができる？　ドアにナイフの刃が通るぐらいの隙間があったんなら可能だろうけれど、あれば警察が見落とすはずがない」

面妖なんて言葉を日常の会話で耳にしたのは久しぶりだ。

「隙間がなかったとしても、被害者に危害を加える方法があるのかもしれへん」

「たとえば？」

「そう鋭く突っ込まれたら、つらいな」

「これぐらい突っ込むという範疇《はんちゅう》に入らないだろう。聞かせてくれよ」

何か見えた気がしたのだが、錯覚だったらしい。よくあることだ。それでも少しがんばってみる。

「凶器のナイフは、被害者自身の所持品だったのかもしれん。彼は、廊下でそれを取り出していじっていた。何故《なぜ》か胸許で、何故か刃を自分に向けて」

「危ねぇな。どういうシチュエーションなのかさっぱり判らない」

「何らかの口実で犯人がそう仕向けたんや。その状態にいる被害者に、何らかのショックを与えて転倒させ、弾みでナイフが左胸に――。どういうショックをどういう方法で与えたのかは、今後の課題や。『何故か』と『何らか』だらけで恐縮やな」

火村は、おもむろに口を開く。

「まるで事故みたいな死に方だな」

本件は事故死ではない。閂に指紋が遺っていなかったことからも、それは明らかだ。犯人が拭き取ったのである。そうでなければ、最後に触った砂子勇の指紋がついていなくてはおかしい。

「今後の課題なんてケチ臭いことを言わずに、今ここで考えてくれよ。幽霊のふりでもして驚かせたのか？」

さすがにオカルト研究家がそれしきのことでパニックに陥ったりしないだろうし、驚いた時にたまたまナイフを手にしていたとも考えにくい。

「そんな深刻な顔をするなよ。現場を見てから悩めばいい。今後の課題でけっこうだ。――それより道路地図を見てくれ」

地図には、目的地までのルートが赤ペンでなぞってある。しばらくナヴィゲーターに専念することにした。

さらに山の奥へ。車窓を杉木立が流れていく。夏休みを利用してこんなところまで徒歩でフィールドワークにやってきた日比野は、よほど勉強熱心な学生なのだろう。

「この事件は計画的な犯行なのか、突発的な犯行なのか」

火村が独《ひと》り言《ご》つ。

「突発的な犯行やろう。被害者がとった行動自体、突発的なんやから。怒ってみせたのは演技やったとでも？　――そこは曲がらず直進」

「そう、計画殺人らしくないんだ。あんなところで犯行に及べば、容疑者は極端に限定される。たとえアリバイ工作をしたとしても、警察にかかれば『仲間内で口裏を合わせているんだろう』と思われるのが落ちだ。労多くして、ほとんどメリットがないだろう。密室トリックもやはり無意味だ。その工作が意味を持つのは、西側から閂が掛かっていたことによって各人にアリバイができる場合のみなんだから」

ごもっとも、と言うしかない。

「なるほど。密室もアリバイ作りという目的があって初めて必然性を持つ、か。言われてみたらそうやな」

「それでいて、犯人がトリックを弄《ろう》したような様相を呈している。発作的に人を殺した直後、よくそんな真似ができたもんだ」

「犯人は、ミステリの構想を持っていたのかもな。それを流用したんや。――となったら、市原か」

ティールームで初対面の挨拶をした際、彼はミステリファンを自称し、「有栖川さんの御作はまだ拝読していませんが、この機会にぜひ読みます」などと言っていた。

「そこまで先走らなくてもいい。犯人が誰であるにせよ、とっさに詭計《きけい》を働かせたのだとしたら、あの場にあったものしか利用できなかった。そう凝りに凝った手が使えたとも思えないな」

柳井警部は、取材クルー三人と日比野が所持していたもののリストを見せてくれた。その中にヒントがあるのでは、と記憶を手繰《たぐ》ってもみたのだが、推理の神は降りてきてくれない。もとより常日頃から、あまり私を愛してくれない神であった。

「この事件のポイントは、もう一つ。二軒の家を早業で移動するトリックにも、門をドア越しに操作するトリックにも、等しく意味はない」火村は唇をなめて「ところが、実際はアリバイの壁が警察を煩わせている。これはどういうことか？」

「判るぞ。そうなる事情ができたんや。部外者の日比野君が飛び入りしたせいで」

「そう。被害者とまるで関係のない日比野が彼らの輪に加わったことで、事態が一変した。早業の移動だか密室トリックだか知らないけど、犯人がトリックを実行するメリットが生じたんだ。そこを留意しながら考える必要がある」

「せやけど、日比野君が迷い込むことは誰にも予測不可能やった。さっきの話にもつながるけれど、犯人は事前にトリックを用意してなかったんやろうな」

「それは間違いない。彼は歓迎された。犯人が綿密な殺人計画を抱《いだ》いていたのなら、それを危うくする闖入者《ちんにゅうしゃ》を拒んだはずだ。――この先で枝道があるぞ。どっちだ？」

午後六時を過ぎた頃、私たちは無事に目的地にたどり着くことができた。話に聞いていたとおり山深いところだ。しかし、四方の山容は優しく、一帯にどこか清冽《せいれつ》な空気が漂っていて、保養のための家を構えた社長の気持ちも判る。そして、日常生活を送るには不便が多すぎて、近くの村から人がいなくなってしまった事情もまたよく理解できた。

警察車両が駐まった家の前に、開襟シャツ姿の南波《なんば》警部補が立っていた。柳井警部の右腕で、武術に長《た》けた刑事だ。肩をいからせながら寄ってきて、「迷いませんでしたか？」と私たちに声をかけてくる。

「火村先生と有栖川さんが現場を見にいらっしゃると班長から聞いていました。今日は、はるばるご出張ですね」

京都府下で起きた事件の捜査に私たちが加わることもあるが、綾部までできたのは初めてだった。

「事件発生から、もう二日半が経過しました。現場を徹底的に調べたんですが、目新しい事実は出てきません。目撃者探しができるところでもないし。うちの捜査員らも、まもなく撤収します」

フラストレーションが溜まっていると見受ける。容疑者が三人に絞られているだけに、そこから捜査が進展しないのがもどかしいのだろう。

「昨日、日比野に会って話を聞きました。しっかりリポートしてくれましたよ」

「さすがは先生の教え子ですね。で、この事件、いかがですか？」

『いかがですか』とはまた大まかな訊き方だ。

「現場を自分の目で見てみないことには、何ともいえません。風変わりな現場のようですからね」

「はっきりしているのは、この家が全国的に有名になったことです。今アンケート調査をしたら、お化け屋敷の知名度ナンバーワンでしょう。さっそく、野次馬みたいなのが覗きにきました。追い払ったら、遠くから写真を撮っていく。暇な連中です」

「マスコミの姿がありませんね」

「各社きてましたけど、今日はもう帰りました。昨日の夜、署でテレビを観ていたら、ここの映像が流れていましたよ。おどろおどろしい音楽をバックにして。あれでも報道番組やろか」

火村は東の方に目をやり「もう一軒の家は、あの林の向こうですね？」

「ええ。後でご案内しましょう。まずは、こっちですね」

古ぼけた二階家である。もうここに人が住むことはあるまい。家は風雪に攻められて、いずれは朽ち果てるだろう。

どういう間取りだったのか、中に入るとすぐに広間のようになっている。割れた窓ガラス、部屋の隅には蜘蛛の巣、壁には幽霊を慰めるかのような落書き。荒れている。

「死体発見者たちによると、七日の朝、この家の玄関は板を打ちつけて封じられていたそうですね。被害者は、あの窓から入った」

窓を見やる火村の後ろで、南波が「はい」と答える。

「板は簡単に剝がれた、と市原らは言っていますが、被害者の目には破りにくく映ったんでしょう。それで、わざわざ窓から入ったものと考えられます」

「窓枠や桟から指紋は？」

「検出されていません。バイクに乗ってきて、グローブをしていたためでしょう。しかし、被害者は窓から入ったはずです。ドアからは入れませんでした」

宮松達之が、いつ何のためにこの家にきたのかは謎だ。殺されるまでの間、この暗い家でどう時間を過ごしたのかも。何が起きたかを知った後から思うと、まるで死刑の執行を待っていたようなものではないか。幽霊よりも、そのことが恐ろしい。

奥へ進み、ざっと見て回る。照明がないので、すでにどこも薄暗かった。アテンドしてくれる警部補に、私はふと思いついたことを尋ねる。

「二軒の家を結ぶトンネルがもう一本あるということは……ありませんよね？」

「家の中も周辺も調べましたが、見つかりません」

そんなものが見つかっていれば、とっくに大騒ぎになっているはずだ。つまらない質問は慎もう。

とある部屋のドアを開けると、東側の壁に灰色の引き戸があった。地下への入口だ。

「ご案内しましょうか？」と警部補は言ったが、火村は辞する。

「捜査本部で現場写真を見ながら説明を受けたので、それには及びません。二人で見てきます」

いよいよだ。

6

私は用意してきた懐中電灯を点け、火村の前に立って階段を降りた。気が逸《はや》ったのだ。長い廊下の端に立つと、思わず声が洩れる。

「これか……」

不幸な娘の幽霊が夜ごとさまよい、つい二日前には惨劇があった廊下。行く手の深い闇を見ていると、悪魔の喉を覗いているような気がする。頭上の家は、悪魔の口か。

火村の懐中電灯の光が、私の光に重なった。それでも中央のドアは見えない。

「まるで井戸を覗き込んでいるみたいだ」

准教授はそんな表現をした。

闇へと歩きだす。肩を並べると窮屈なので、私は火村の斜め後ろをついて行った。明かりを左右の壁に向け、おかしな箇所はないか探るのだが、何もない。バイパスのようなものがあれば中央のドアを迂回《うかい》できるのだが、それもまた二日間にわたる捜査で警察が見落とすはずがなかった。

　血で汚れた両開きのドアが見えてきた。床には凝固した血溜まり。こんな場所だから、死体発見時のままにしてあるのだ。殺人現場は見慣れているとはいえ、この光景は鬼気迫る。

「不思議の閂とご対面だ。触ってみろよ」

「では、お先に」

　乾いた血溜まりを跨《また》いで、閂を動かしてみた。堅いと聞いていたが、これは予想を上回る。釣り糸を引っ掛けて、どうこうできるものではなかった。火村に代わると、彼は口笛を吹く。

「腕相撲をしているみたいだな」

　それは誇張だ。

　二人がかりでドアも調べてみたのだが、タネも仕掛けもない。もしや天井に抜け穴が、と懐中電灯で照らしてもみたのだが――

「歯が立ちそうもないな。密室トリックを考えるのは諦めて、アリバイトリックに挑むのが賢明か」

「そんなに簡単に決めつけていいのか？」と異論が出た。「閂が堅いからって、匙《さじ》を投げることはない。犯人は、ドア越しにナイフを操ったかもしれないのに」

「できんわ、そんなこと」

廊下の真ん中でしばらく思案したが、成果を得られないまま引き返した。南波の「どうでしたか？」に二人揃って首を振る。

「あれは手強《てごわ》すぎますね。五、六分で東西の家を往復するトリックを考えたくなりました」

ぼやき口調で私が言うと、「それでは」と警部補は隣家に案内してくれる。外に出ると黄昏《たそがれ》があたりを支配し、空では星が瞬き始めていた。

屋敷林の中を歩きながら、私はきょろきょろと頭上を見渡した。どこだったかの山奥で、伐採した木材を搬出するための滑車と櫓《やぐら》を見たことがある。そのようなものがあれば、早業の移動に使えるのではないか、と考えたのだ。しかし、それらしいものはないし、これまたあれば捜査員たちが見逃さないだろう。

東の家に着いたところで、「四分五十五秒」と火村が呟いた。腕時計で所要時間を計っていたのだ。約五分。息を切らして走れば半分の時間で済むとしても、往復で五分。地下通路の真ん中で犯行を行なう余裕はない。密室の壁もさることながら、アリバイの壁も厚そうだ。

こちらの家も二階建てで、佇《たたず》まいが西の家によく似ており、入ってみると間取りも大差ない。同じ施主が同じ施工会社を使って、同時に建てたためか。だが、荒廃の度合いが幾分ましで、割れた窓ガラスや落書きは一つもない。ここで取材クルーと日比野の四人が一夜を過ごしたのだ。耳を澄ませば当夜の語らいの声が聞こえてきそうだ。

こちらも一階を見て回ったのだが、すでに屋内は闇で塗り込められていて、懐中電灯がなければ目隠しをされたのも同然だ。それでも日比野たちがどんな状況にいたのかはよく判った。

彼らが明け方まで起きていたのは、沈黙と静寂が怖かったからではないか。いくら〈超心霊リポート〉のチームとはいえ、ここは薄気味が悪いところなのに違いない。みんなが眠りに落ちた後、自分だけが寝つけなかったら恐ろしい。日比野を除く三人の間に、「そうならないよう、みんなで朝までおしゃべりしていよう」という暗黙の了解があったのかもしれない。

奥の一室で、灰色の引き戸を見つけた。地下を通って、西の家に戻ることにする。今度も先に私が降りたのだが、火村がこない。少し待たされた。

「どうかしたんか？」

「気になったことがあって、電話をしていたんだ。——南波さんは、東の家ですることがあるらしい。邪魔しないでおこう」

どこへ何の電話をしたのか、私に言うつもりはないらしい。事件に関係がないことなのかもしれない。

自分たちの靴音を聞きながら歩いているうちに、背中に冷たいものを感じた。まだレディが出現する時間には早い。それなのに、ざわりと不穏な気配がするのだ。この世のものではない存在に後ろから見つめられているみたいだ。

宮松達之は、床に尻を突き、ドアに寄りかかって死んでいた。まるで何者かに追い詰められたかのように。逃げようとしたが、焦って堅い閂がはずれなかったのかもしれない。そこまで彼を顫え上がらせたものは——白い夜着をまとったレディか。

彼女は、長い廊下の向こうから歩いてくる。ゆらゆらと頭を振りながら、摺り足で音もたてずに。その手に握られているのは、闇しかない中でも鈍く光るナイフ。宮松は、目を見開いて迫りくるものを注視する。やがてドアの前までくると、レディは手にしたものを高く振り上げて——

理性で妄想のスイッチを切った。幽霊などいるものか。いないものが怖いのが人間の面白いところだ。ここで行なわれたのは生身の人間による殺人。不可解な謎にも、すべて答えがある。まだそれが見えていないだけで、そう考えればしごくありふれた状況ではないか。この謎にも必ず説明がつくはずだ。

また廊下の中央にきた。ドアの下から血が流れ出した痕が遺っている。市原たちはこれを見て驚き、西の家に駈けつけたのだ。

「こちら側からドアの向こうの閂を掛けるマジックはまだ思いつかないか？」

火村は意地の悪いことを言う。自分もお手上げのくせに。

私は、ドアの四隅と周囲の壁を拳で叩いてみた。ドアが、あるいは壁がどんでん返しになっていないか確かめるためだ。三度繰り返すが、そんな仕掛けがあったら警察が……以下同文。

「くるっと回らないか調べたんだな？」

「そうや。われながら発想がせこかった。どうせ空振《から》りをするんやったら、もっと豪快にスイングをしたいもんや」

「いい心掛けだ。力余って尻餅を搗《つ》くようなスイングは見ていて気持ちがいいからな。もっと大きなものをひっくり返してくれ。有栖川有栖ならできるだろ。マジックじゃなくて、イリュージョンが見たい」

妙な焚きつけ方をする。それに乗せられたのか、突如、私の上にイリュージョンの神が降臨した。

「そうか。もっと大仕掛けなんや！」

「俺の言葉がヒントになったか？」

火村が顔を覗き込んでくる。

「『もっと大きなものをひっくり返してくれ』でアイディアが降ってきた。中央のドアや壁がどんでん返しになってたら、ちょっと調べただけで見破れる。せやけど、あまりにも大規模などんでん返しが仕掛けてあったら、盲点に入ってしまうんやないか？　ひっくり返るのはドアでも壁でもない」

「じゃあ、何なんだ？」

私は懐中電灯の光で四方を照らした。

「この廊下。地下通路全体が百八十度回転するんや。直径百三十メートルほどの円を描いて」

この大胆な推理に、火村は愕然《がくぜん》として私を見返した——かというとそうでもなく、意外にも冷静だった。驚くどころか、そのとおり、とばかりに頷く。

「事件の夜、この廊下が百八十度回転したんだな？」

「ああ。回ってもバレへんぞ。真ん中のドアは両開きのスイング式。どっちから見てもまったく同じなんやから。片開きやったらノブの位置が反対になってしまうけどな」

火村は、人差し指でそっと唇をなぞる。

「なるほど、それはいい着眼点だ。犯行の前と後で、東と西が逆転していた。だから、死体はドアの西側にあったけれど、犯行は東の家で行なわれたわけだ。それならば東の家にいた人間全員のアリバイが崩れるし、ドア越しに閂を掛けるちまちました手品も必要なくなり、すべての謎に解決がつく。誰が犯人なのか、という一点だけを除いて」

胸に温かいものが込み上げて、私は友人の肩に手を置いた。

「たちどころに呑み込んでくれて、うれしい。さすがは臨床犯罪学者、火村准教授。そういうことや。俺が知る限り、これはミステリ史上に前例のないトリックや。何しろ死体発見者が気づかないうちに密室の外と内が入れ替わってしまうんや。普通の部屋や建物では起こり得んことが、中央にドアがある地下通路というスペシャルな場において起きた！」

興奮しているのは私だけだ。

「お前、まさか『俺はとっくに気がついてた』って言うんやないやろうな？」

「もしそうだったら、がっかりするか？」

非常に悔しい。しかし、口先だけで「俺も判っていた」と言われても納得がいかない。彼はそこまで負け惜しみが強い男ではないはずだが。

「この推理を認めるんやな？　俺自身、にわかに信じられん大仕掛けなんやけれど」

「大仕掛けもいいところだな。これだけのものを回転させるのは、とてつもない動力が必要だ。確かに、にわかに信じがたいけれど、豪気な社長は惜しみなく金を注ぎ込んで無理を通したのかもしれない」

やけに甘いコメントなので気色《きしょく》が悪い。かえって自説への自信がぐらついてきた。

「廊下の端の造りも難しい。このトンネルの断面は、端から端まで長方形やから、どんなふうに動くのかイメージできん」

「独特の工法が使われているんだろうな。建築と土木の専門家に調査してもらうべきだ」

「どうやって起動させるのかも要調査や。スイッチがあるんやろうけれど」

「歩きながら話そう」と火村は西を指差した。

もう私の脳裏には幽霊の影も形もない。塵《ちり》のように風に舞って消えた。バイバイ、オカルト。素晴らしきかな、理知の力。

廊下の端にくると、私たちは回転トンネルの接続部がどうなっているか見てみたのだが、不自然な点がまるでない。どんなトリッキーな工法によって造られたのだろうか？

「スイッチは探しても無駄だぞ。向こう側にあったからな」

火村の言葉に、壁をまさぐっていた私の手が止まった。聞き違えたのかと思う。

「それらしいものを見つけて、押してみたんだ。ずっと中を通ってきたけれど、ほとんど振動を感じなかったし、機械音もなかった。驚異のトンネルだよ」

東の家から出発したのは、ほんの三分ほど前だ。そんなに速くスムーズに回転するのか。ゆっくりと回ったのでは廊下と家がつながっていないところが見えてしまう、と思ってはいたが。

ふっと火村が手にしている明かりが消えた。

「壊れたのかな。お前のを貸してくれ」

後ろ向きで手を伸ばしてきたので、リレーのバトンのごとく私の懐中電灯を渡してやった。彼に続いて階段を上り、真っ暗な家に出る。これはもう夜の帳《とばり》だ。火村について玄関の方へ向かって行くと、闇を通して南波警部補の声がした。

「あれ、先生方、西の家に行くんやなかったんですか？」

ここは東の家なのだ。東の家から地下に降り、廊下を突き抜けたらまた東の家。まるで奇跡。廊下は本当に回転したのだ！

誰が犯人なのかはまだ特定できないが、トリックは解明できた。それを祝福するため、私は火村に握手を求めたのだが――

「アリス、罪深い俺を赦《ゆる》してくれ。お前を騙《だま》した」

「……どういうことや？」

「スイッチなんか、ないんだ」

ぽかんとする私を見ながら、警部補が首を傾げた。

7

その翌日の午後八時。

犯行現場に、日比野浩光がやってきた。心身のダメージで体調を崩していた彼だが、三日ほど休んで体力と気力が回復したようだ。火村の「ぜひきてくれ。種明かしをしてやる」も効いたのだろう。

柳井警部、南波警部補や捜査員らも同行して、現場検証に立ち会うのは総勢十人。物々しい感じだったが、火村がついているせいか日比野は気後れした様子は見せなかった。

「どんな道を歩いたか思い出せないが、とにかく君はここにたどり着き、市原朔太郎ら三人と出会って、朝までともに過ごした。この〈長い廊下がある家〉で。そうだね？」

家の前で火村に問われ、青年は「はい」と答える。

「じゃあ、中に入ろう。もう真っ暗だから気をつけて」

広間に入った日比野は、きょろきょろと周囲を見渡す。丸い眼鏡の奥の目が、少し不安げになっていた。

「あの夜、君たちはここで明け方近くまで歓談した。その時に君がいた場所に座ってみてくれ。できるだけ正確に」

そう頼みながら、火村は教え子に懐中電灯を手渡さない。日比野はまごついていた。

「正確にと言われても……こんな部屋ですから、このへんだったかな、というぐらいしか覚えていません」

「どこ？　そこに座ってみて」

眼鏡の青年は、やや左手奥で尻を突いた。

「他の面々はどのへんにいた？　刑事さんたちに代役を務めてもらうから場所を指定するんだ。これも極力正確に」

そんな言い方をされたら、慎重にならざるを得ない。日比野は時間をかけて記憶を手繰り、「市原さんはそこ」「砂子さんはそこ」と指差していった。四人のポジションが決まったところで、准教授は低い声で尋ねる。

「まわりをよく見ろ。各人が座っている間隔や壁までの距離など、あの時とまったく同じかな？」

意図が見えない質問には答えにくいものだ。日比野は、たまりかねたように訊き返す。

「先生、これに何の意味があるんですか？」

「すぐに判るさ。すぐに」

諭すように言われて「はい」と頷いた彼だが、その後しばらく考え込んでしまった。

「どうだい？　人間の配置がずれているのなら修正してもいい」

さらに熟考してから、青年は首を振った。

「違和感が残りますが、今の形を変えようがありません。こんな記憶力テストがあるとは思ってもみなかったし」

「違和感が残るがベスト、か。それでいいよ。次は地下に降りてもらおう。嫌な顔をするなって。廊下の端に出るだけでいいんだ。ただし、懐中電灯は使わずにやってくれないか。体が覚えている方角に歩くんだ」

「ゆっくりでいい。転ばないようにね」と警部が言い添える。

無言で立ち上がった日比野は両手で闇を掻き、泳ぐように奥へと向かった。火村はその後について行きながら、前方を照らそうとはしない。途中から壁伝いに歩きだした青年は、引き戸がある部屋に何とか行き着くことができた。が、そこから大いに手間取る。引き戸が探り当てられないのだ。「おかしいな」の声と壁を撫で回す音だけがする。

「部屋は合っているよ」と火村。

「でも先生、引き戸がないんです」

ついにはギブ・アップしてしまった。そこで火村は、懐中電灯の光を西側の壁に向けた。

引き戸は、ちゃんとある。

「君がなぞっていたのは反対側さ。方角が違う」

「それは変です」抗議するように日比野は言う。「いや、現に間違っていますけれど、なんかおかしいな」

火村は彼を無視して、後ろの柳井に「いかがですか?」と訊いた。警部は、どう反応していいのか当惑している。

「テストはこれぐらいで充分でしょう。すでに物証もあるわけだから」

「物証もある……。それはどういうことですか?」

南波警部補と同じく、私も焦れ始めていた。懐中電灯で部屋の隅々まで照らしながら、火村は説明する。

「死体がもたれかかっていたドアには、日比野君の掌紋も遺っていましたね。あれがついたのは、いつでしょう? 彼が話したところによると、死体発見時ではない。前夜、砂子勇が写真撮影をした時でもない。いずれの場合も彼はドアに触れていないのです」

「ということは、彼は一人でこっそりと地下に行ったことがあるんですね？　まさか、その時に宮松を――」

南波に話を遮られて、火村は咳払いをする。

「それは早とちりです。最後まで聞いてください。掌紋がつく機会は一度だけありました。彼の話にちゃんと出てくる」

日比野本人より先に、私が思い出した。

「九谷安寿と二人で廊下を往復した帰りやな？　九谷がふざけて彼の背中に抱きついた時、日比野君は体を支えようとドアに手をついた」

しかしスイング式のドアはあっさり開き、彼と彼女はもつれるように床に倒れた。

「ああ、掌紋はその時についたのさ。ちゃんと説明がつく」

柳井が黙っていない。

「火村先生、それでは辻褄が合いません。その時、日比野さんが手をついたのはドアの東側です。死体がもたれかかっていたのはドアの西側。矛盾します」

火村は承知していた。

「そう、矛盾が生じます。何かが間違っているんです。しかし、ドアの西側に掌紋が遺っていることは厳然たる事実なのですから、間違っているとしたら日比野君の認識ということになる。彼と九谷安寿は、西から東に歩き、そして戻ったのです」

瞬時に理解できた者が何人いただろう？　私は火村の言わんとするところが摑めなかった。

「日比野君は、大きな錯覚をしていた。彼が迷った末に見つけたのはここじゃない。西側の家だったんですよ。二軒の家は同じような二階家で、間取りも似通っています。明かりがなければ、どちらか区別がつきにくい。取り違えた可能性があります。現に今しがたのテストで、彼は体の記憶に頼った結果、引き戸の位置を百八十度も誤り、東側の壁を探ったでしょう。そちらに地下への階段があったなら、廊下がまっすぐに延びた先にあるのは東の家です。広間で違和感のある答えしかできなかったのも、家が違っているからだと考えられます」

記憶テストの結果には曖昧さが残るが、傍証にはなるし、日比野の掌紋という物証がある。

「東と西を取り違えているとしたら、どうなるんや？」南波が自問自答する。「日比野君たちが泊まったのは、東ではなく西の家やったわけか。死体があったのは、閂が掛かったドアの西側。つまり、彼らがいた家の側で犯行が行なわれたことになる。ということは――」

「内と外が逆転し密室が密室でなくなります」

火村が断じると、後ろにいた捜査員たちがざわめいた。

「抉《こ》じ開けられない密室なら、密室でなくしてやればいい。閂が掛かった側で、宮松達之は殺害されたんです。もう密室の謎に悩むことはありません」

長い廊下全体が回転したのではないか、と私は推理した。今になって思えば珍無類だが、まるで方角違いに弾丸を撃ったわけではない。東と西は、確かに入れ替わった。あらかじめ入れ替わっていたのだ。

　廊下が回転すれば謎は解けるが、それは現実的ではない。地上の家を入れ換えることも物理的にはできない。しかし、家の構成要素を入れ換えることで証人を欺けば、廊下が回転したのとまったく同じ効果を挙げられるのである。

　よく似た二軒の家を利用したトリックは昔からあるが、ここで行なわれたトリックはそれらと大きく異なる現象を引き起こした。長い廊下中央のドア付近が犯行現場だったため、「死体発見者が気づかないうちに」「ミステリ史上に前例のないトリック」になったわけだ。

　昨日は、火村にまんまと一杯食わされた。私が地下で待っている間に、彼は日比野に電話をかけ、ドアに手をつく機会が一度きりしかなかったことを確認するとともに、南波には「これからすぐ西の家に走って行って、私たちが地下から出てきたら『西の家に行くんじゃなかったんですか？』と訊いてください」と頼んでいたのである。目的は、私が騙されるかどうかをテストすることだ。引き戸から出て玄関の方に向かう際、東の家では右に、西の家では左に曲がることになる。しかし、闇の中で数々の暗示をかければその違いにも拘らず錯覚を起こせるのではないか、という仮説を立証しようとしたのだ。

　わけが判らないままその指示に従い、私を騙す共犯者となった南波だが、今は火村の推理に戸惑っている。

「私は、ますます悩んでいますよ。そんなことがあり得ますか？　夜は暗かった。月も雲に隠れていましたから、なおのこと。しかし翌朝、目を覚ました日比野君は東の家にいましたよ。廊下で異変を察知して、西の家に駆けつけて死体を発見した。これは錯覚の仕様がないでしょう？」

「目覚めた時は東の家にいたというだけ、眠るまでは西の家にいました。つまり、疲れと酔いで熟睡している間に、移動させられたんですよ。そう考えれば、すべての矛盾は消えます。くどいようですが、物証はドアの西側についた彼の掌紋」

「しかし、幽霊は西から東へと廊下を歩いてくるという噂を聞きましたよ。オカルト記事の取材だったら、東の家で待機するのが自然です」

「その怪談には、いくつものバリエーションが存在します。恨まれた男ではなく恨んだ娘が画家だった、という物語もあるそうですから、東西の家が入れ替わって伝わったりもしたはずです。今回の取材をセッティングした宮松達之は、そちらを採ったのかもしれません」

当事者の日比野が、「でも」と言う。

「西の家の玄関には板が打ちつけてありました。前の夜に僕が迷い込んだ時は、あんなものはなかったし——」

「西の家は、もともと板で玄関がふさがれていたんだろうな。取材クルーは、それを剝がして家に入った。そして君を錯覚させるため、翌朝までに板を恰好《かっこう》だけ戻しておいたのさ。だから、石で打てばすぐに剝がれた。市原が自分の親指を叩いて怪我をしたなんていうのは、猿芝居だ」

「だけど先生、二軒の家は似ているとはいえ中の様子が違っている。西の家は窓ガラスが割れていて、壁には落書きがあります」

「ああ、西の家の方が荒れていたね。しかし、割れたガラスはもとに戻せないけれど割るのは容易《たやす》いし、落書きなんて一分で書ける。エントロピーを増大させるのは簡単だ。あらかじめ特殊な道具を用意していなくてもできる方法で、君を騙すため大急ぎで荒らしたのさ。荒廃させるしかなかった。美しく甦らせることはできないから」

日比野は何も言い返せなくなった。

「それで先生は、誰が犯人なのかもお判りなんですか？」

柳井が尋ねる。当然ながら、警察の最大の関心事はそれだ。

「断定する材料はありませんが、動機の面から見て最も疑わしいのは九谷安寿です。日課のタイ式ヨガをしていたという時間帯が犯行時間だと私は見ます。——どういうつもりで宮松達之が西の家に潜んでいたのか知りませんが、彼は深夜に廊下を通って東の家から忍んで行ったのでしょう。九谷との密会が目当てだったのかもしれない。その彼女が被害者と鉢合わせし、いざこざになった。不審な物音や声を日比野君が聞いていないことから推測するに、いさかいは廊下で起きたものと思われます。ナイフは被害者が脅しのためにちらつかせたものなのか、九谷が身を守るために持っていたものなのか、それも判らない。明確な殺意を持って刺したというより、アクシデントに近い形で被害者の胸に突き刺さったのではないでしょうか」

その答えに、柳井は唸《うな》った。

「これまで先生に事件の真相を看破していただいたことが幾度となくありますが、こんなことは初めてですね。解答用紙に書かれた犯人の名前が不詳とは……」

「これから先は警察の力がものを言います。そのために、葬儀の後も強引に足止めしていただきました。南波さんが落としてくれるでしょう」

当の南波は、すがりつくように言う。

「ちょっと待ってくださいよ、先生。さっきからお話を伺っていると、日比野君を騙すには他の三人が一致団結して当たらなくてはなりません。彼らは、グルなんですか？」

「ええ、もちろん。主犯はまだ特定できませんが、犯人不詳がまずいのならば、三人の名前をまとめて解答用紙に書いてもいい。アクシデントのような事件の直後に、これだけ複雑なトリックを演じられたのも、三人寄れば文殊の知恵ですよ」

日比野がトイレに立つのと入れ違いに、安寿が戻ってきた。引き攣《ひつ》るような笑みが気になって、市原が尋ねる。

「どうしたんですか？　光の具合なのか、顔色がよくない」

「宮松がいたの。襲われかけて、刺しちゃった」

　市原と砂子は驚愕する。

「ヨガをしようとしたら、引き戸の向こうで靴音がした。歩き癖であいつだって判ったわ。今頃のこのこと何をしにきたのかって、降りて行った。そうしたら、あたしと『じっくり話がしたかった。東の家にいるからきて欲しい』って。情けない顔して言うの。ついて行くはずないじゃない、と思ったけれど、騒がれるのが嫌だった。あの人につきまとわれていることは市原さんや砂子さんに話しているとはいえ、愁嘆場を見られるのは恥ずかしいし、できるなら迷惑をかけたくない。それで、『ちょっとだけなら、いいわよ』と言って、廊下の中程にきたところで……」

　相手をドアの向こうへ突き飛ばし、閂を掛けて締め出そうとした。が、宮松はその気配を察知し、安寿の手首を摑んだ。そして、裏切りに激怒した彼は、誰もいない廊下の真ん中で彼女を組み伏せようとする。

「怖くて、腹が立って、『ふざけないでよ』って護身用のナイフを出したら、胸に刺さった。心臓のそば。血が出て、倒れて、もう助からない。救急車がきても間に合わない。彼、死ぬ。あたしが殺したことになる」

　ぺたんと座り込んだ彼女に、市原は鞭打つように言った。

「気をしっかり持って。すぐにあの学生が帰ってきます。何事もなかったようにふるまって

くださ い。これからどうするか、考えますから。宮松さんは卑劣です。安寿さんの悪いようにはしません」

日比野がトイレから戻ってくる音を聞きながら、砂子が囁く。

「ミヤタツさんが助からないのかどうか、俺が見てくる」

「頼みます」市原は安寿の肩を揺する。「頭のスイッチを切り換えて。地下であったことは、いったん忘れてください。才媛でいつも強気の九谷安寿なんだからできますよね？　僕も砂子さんも、変な意味じゃなくあなたが好きです。助けてみせます。だから——」

日比野がくる前に、二人は離れた。

南波は釈然としていないようだ。

「文殊の知恵とおっしゃいますが、奇抜すぎませんか？　仲間の一人が宮松を刺し殺してしまい、それを秘匿しようとしたのならば、他にも手はあったでしょう。翌日、日比野君が家から立ち去った後で死体を始末してしまうとか」

火村は懐中電灯を手で弄《もてあそ》びながら「始末ができなかった。死体を山中に埋めたり、床の血を拭い取ったりすることはできたとしても、古い木製のドアにべったりとついた血痕が遺ってしまいます。それを完全に処理する時間はありませんでした。その日の正午には、東洋テレビのスタッフが到着する予定だったので。被害者は、彼らにとってまずい場所で息絶えたのです」

柳井は腕組みをする。

「飛び入りの日比野君がいなかったら、事情は変わったでしょうね。夜のうちに死体を始末し、車を走らせてドアを洗浄する道具を買ってこようと試みたかもしれない。そんなことをしても汚れは落とせなかったでしょうが」

日比野は声もなく突っ立っている。

「まさに招かれざる客です」火村は言う。「しかし、そんな彼を逆に利用することを思いついた奴がいる。その名前も解答用紙に書けませんが、直感的に答えるなら市原です。ホテルのティールームで話している時、こちらが悩む素振りを見せると、彼はうれしそうだった」

あれは、してやったり、という顔だったのか。


日比野がトイレに立つ度に、相談は進んでいった。雑談をしながら、市原は猛烈なスピードで脳細胞を働かせていたのだ。

「ドアに閂を掛けましょう。そうした上で、僕らは東の家に移る。西側から閂が掛かっていれば、犯行は西の家で起きたことになります」

「どういうことです？」と砂子。

「日比野君を明け方までおしゃべりに付き合わせ、彼が寝たらこっそり東の家に引っ越すんです。彼は、僕と砂子さんで担いで運ぶ。目が覚めるのは東の家。前夜からずーっとそこにいたと錯覚してくれれば、『明け方まで誰も西の家に行っていません』と僕らのアリバイを証明してくれます。東に駐めてあるだろう宮松さんのドゥカティは西へ移す」

「担いで運んだら起きちゃうわ」と安寿。

「大丈夫。僕、睡眠薬を持っているんです。それをビールに投じてやりますよ。余った分は、警察に見られないよう川に流して捨てます。門を掛けて引っ越す理由、判りますね？――ああ、彼がくる」

頭の回転が速く、推理小説に通暁《つうぎょう》した市原がトリックを編み出したとしても、日比野がトイレに行った隙に打ち合わせをするのは難しすぎる。そんな疑問を私がぶつけても、火村はびくともしなかった。

「彼が中座するまでに要点をまとめておけば、限られた時間で複雑な打ち合わせもできたんじゃないか？携帯電話も使ったかもしれない」

「目の前にいる仲間にメールを送ったのか？」

「それは通信記録が残るから避けた。――携帯で撮った写真を見せ合ったんだっけ？」教え子に訊いてから「日比野君にだけ適当な写真を見せ、他の三人は文字入力したものを見せ合って相談したのかもしれない。それでもまだ意思の疎通が不充分なら、彼を眠らせてから話せばよかったんだよ」

何たる悪知恵だ。その三人にも、火村にも感心する。

日比野は、冴えた目になっていた。自分がどんな形で事件に巻き込まれたのかを理解し、混乱と衝撃が去って、静かに興奮しているようだ。

「よくも騙してくれたな、という感じです。安寿さんの据わった目、市原さんと砂子さんのテンションの高さの裏には、そんな出来事があったのか。でも……すごい連繫プレイですね。仕事って、そこまでのチームワークが要求されるのかな」

「社会人の悪いお手本さ。いや、サンプルにしては特殊すぎるか」と火村。

「それにしても危険な賭けですよね。僕を昏睡させて東の家に運んだとしても、そのすぐ後で西の家を見たら真相を見破りかねなかったでしょう？　実際は完全に引っ掛かりましたけれど」

「中の様子でバレないよう、ガラスを割ったり落書きをしたりで工夫したのさ。一番怖かったのは、君が地下への階段の前で『体を回転させる向きが違う』と気づくこと。そこは冒険だった」

「だったら、僕を西の家に連れて行かなければよかったのに」

「と思うだろ？　ところが、そうすると別のリスクを背負うことになる。君は現に西の家に滞在したわけだから、必ず指紋を遺していると考えた方がいい。心当たりのある箇所は拭ったとしても、見落としがあるかもしれない。だからその説明がつくように、西の家に連れて行かざるを得なかったんだ。――加えて、彼らはなるべく早く死体発見を通報したがっていた。発見が遅れると死亡推定時刻の幅が広くなりすぎて、君が寝入ってからの犯行だと見なされかねないから」

「……そういうことですか」

「もちろん、部外者を死体発見の場に立ち会わせることによって、ドアに閂が掛かっていたことを目撃させる意味もあったろう。それも重要なことだ」

「あの人たちの計画は、もう少しで成功するところだったんですね」

青年は嘆息し、わずかに目を伏せた。が、すぐに顔を上げて言う。

「これが犯罪社会学のフィールドワークですか。フィールドワークって、こういうものだったんですね」

火村は首を振った。

「誤解するな。こんなことをしている学者はいない。世界中で、俺だけだ」

8

うまくいくだろうか、と危惧《きぐ》する安寿を市原は励ます。

さっき砂子さんと僕が、さりげなく『あっちの家』って西を指差しましたよね。明日の朝のための暗示です。彼は『そっちに家なんてありますか？』とも言わず、素直に聞いていた。この家の西に家がないことは知らないんです。隣家があることすら気づいていなかったようだし、きっと騙せます」

　砂子が指を鳴らした。

「そうだ。ここを出て行く時、ガラスを割ってしまえ。『昨日、僕はここにいたのでは？』と思わせないようにしよう。壁に落書きなんていうのも印象が変わって効くぞ」

「いいですね。きた時に剝がした板も、また玄関のドアに取りつけますか。抜いた釘を穴に嵌めこむようにして」

　そう言って市原は、すやすや寝息を立てている日比野を見やる。

「もうよさそうだな。まず彼を運びましょう。安寿さんには落書きをお願いします。何でもいいから、このペンで書き殴ってください。あのあたりにでも」

　彼女は壁の前に立って、サインペンのキャップをはずした。市原と砂子が注いでくれる熱意に応えねば、と自分をごまかすのだが、人を殺《あや》めた罪悪感が消えることはない。

　市原と砂子が、まだ何か打ち合わせをしている。

「僕たちがグルだと悟られないことですね」

「警察には、お互いにいがみ合っていると思われる方が望ましいでしょう。俺、市原さんのことを悪くしゃべりますよ」

「どうぞどうぞ。でも、安寿さんがミヤタツさんにつきまとわれていた件は隠せませんね。ご近所が知っているそうだから、調べられると判る」

「それはあるがまま話すべき、か」

「ドアが両開きでよかった。そうでなかったら日比野君が開き方の変化に気づくだろうし、砂子さんの写真も反対側から撮り直しでした」

「運が味方してくれているらしい」

すぐ近くの彼らの声が、遠く聞こえる。

「こんなことをして――」

いいのかしら、と今さら口にする資格はない。すでに市原と砂子の魂を罪人にしてしまっている。

灰色の壁に、顫える手でペンを走らせた。

〈神よ、地の底でさまよう者を救いたまえ〉

雪と金婚式

1

コーヒーカップをゆっくりと受け皿に置き、安曇《あずみ》は小さく溜め息をついた。

「どうかしたか？」

ディナーに不満があったのかと思って雄二《ゆうじ》が訊くと、テーブルの向こうの妻は目を丸くして否定する。菱形のイヤリングが揺れた。

「どうもしませんよ。ああ、おいしかった。こんな幸せな夕食はないわ。最高の一日」

安心して、彼はカップを口に運んだ。

「本当にありがとう。ユーさんのおかげです」

安曇がぺこりと頭《こうべ》を垂れたので、雄二は恭しく返礼した。

「何をおっしゃいますやら。君がいてくれたからや。しんどいことも多かったけど、よう支えてくれた。やりくりで苦労させたな」

「財布の紐を締めるのは得意ですよ。根が吝嗇やから」

「吝嗇やと思うたことはない。しっかり者の女房殿に感謝するばかりや」

「ユーさんは、レストランで記念のディナーにしたかったんでしょ？　私が勝手言うてごめんなさいね。一生に一度のことやのに」

結婚記念日には家で食事をする。そういう決まりになっていた。学習塾の経営に追われる雄二が、ふだんはもっぱら外食だったせいだ。もう仕事もリタイアしたし、金婚式なのだから豪勢なディナーを奮発しよう、という夫の提案に妻は賛同しなかった。子供たちは成人してとうに家を出ており、老後の蓄えも潤沢だというのに、妻は外食を贅沢だと考えている節《ふし》もある。

「ごちそうさま。特に若鶏をベーコンで巻いて煮たのがおいしかった」

「今日は仕出しも利用したし、ユーさんにも準備を手伝うてもろたから、楽でしたよ。髙島《たかしま》屋《や》で見つけてくれたケーキもおいしかった。ダイエットの敵やけれど」

少し肉付きがいいぐらいの方が雄二は好もしかったのに、安曇はずっと体重を落とそうとしては挫折してきた。頰がふくよかなのが本人はうれしくないようだが、夫はそこが気に入っていたので、彼女がダイエットに失敗し続けることを密《ひそ》かに歓迎している。

「せやけど、こっちのご馳走はどっちが用意したんでもない。神様の贈り物やわ」

妻の視線に誘われるように、雄二は窓を見た。降りしきる雪が、庭木の梢《こずえ》を真っ白く染めている。今年、初めての雪だ。夕方から降り続けているので、枯れた芝生の庭に積もっているだろう。

「ほんまに見事なタイミングやな。クリスマスより前にこれだけ降ってくれるとは。僕らの日頃の行ないがよかった、ということか」

「きっとそうですよ。結婚した日も銀婚式の日も、ちらちらと舞《も》うたやないですか。区切り区切りで、いつも雪」

「日本では、歴史的な日によう雪が降る。赤穂《あこう》浪士の討ち入りやら桜田門外《さくらだもんがい》の変やら二・二六事件やら。われわれは歴史的な夫婦ということか」

「どれも東京の雪やないですか。それに討ち入りぐらいが歴史的な事件かしら。もっと大事な終戦記念日は真夏でしょ」

安曇は微笑《ほほえ》んでから、古い流行歌をワンフレーズだけ口ずさんだ。雪の中で待てど来ぬ恋人を嘆くシャンソンだ。そして、テーブルに肘を突いて尋ねてくる。

「お菓子作りの教室にきていた若い奥さんに訊かれた疑問に答えられますか？　その人は中国から日本にきて五年目なんやけれど、助詞の〈は〉と〈が〉の使い分けが難しいみたい。『雨が降る』『雪が降る』と習ったのに、この歌では『雪は降る』って言うでしょ。なんでそうなのかって」

高校の国語の教員免許を持っている雄二としては、何か答えなくてはならない。しばし考えた。

「『雪が降る』が普通の表現。『雪は降る』は、詩的な表現ということかな。白秋《はくしゅう》の『城《じょう》ケ《が》島《しま》の雨』でも『雨は降る降る』と歌うやないか」

妻はいたく感心した。

「さすがは田所《たどころ》先生。そういうことですか。これで教えてあげられる」

「『うちの旦那の説によると』と付け加えてくれよ。僕の思いつきやから」

「はい、了解しました。――ねぇ、さっきのビデオをもう一回観ましょう」

安曇はテーブルの端に置いてあったリモコンを取り、機械に弱いのでもたもたと操作する。雄二は、グラスにワインを注ぎ足した。離れに居候《いそうろう》している義弟がくれた祝いの品だ。安いものだったが、舌触《なめ》りが滑らかで口に合う。ボトルが空きそうである。

ロスアンジェルスで暮らす娘夫婦と孫娘が画面に映った。ビデオカメラを三脚に据えているらしく、リビングのソファに並んで座っている。傍らには、大きなクリスマスツリーが飾られていた。親子三人は声を揃えて「お祖父《じい》ちゃん、お祖母《ばあ》ちゃん。金婚式おめでとうございます」。安曇だけでなく、雄二も相好《そうごう》を崩した。

「一緒にお祝いできなくて、ごめんね。みんな元気にしてるから。――ほら、くるみちゃん。言ってあげて」

十歳になる孫娘は、祖父に似て背が高い。快活な子供だから照れもせずにカメラに手を振り、あらかじめ用意していたのであろう祝福のメッセージを送ってくれた。観るのは二度目なのに、「ありがとう」と妻はまた頭を下げる。

家族揃って健《すこ》やかそうだった。自動車メーカーの現地法人に勤める娘婿はいくらか恰幅《かっぷく》がよくなっており、娘も所帯やつれとは無縁と見える。家庭は円満らしく、何よりだ。

くるみは両親に促されて、アップライトピアノに向かう。祖父母のためにお祝いの演奏をしてくれるのだ。曲はマリーの『金婚式』。クラシック音楽に興味がなくても耳に馴染《なじ》んだ曲である。原題は、五十年を意味するフランス語の『サンカンタン』。安曇は顎でリズムを取りながら聴き入り、演奏が終わると「上手やわぁ」と小さなピアニストに拍手した。

娘夫婦は花束も贈ってくれていたし、銀行員で香港《ホンコン》勤務の長男からはペアの腕時計をプレゼントされた。それだけではない。どこで噂を聞きつけたのか、かつての教え子たち何人かからメッセージカードや花が届いていた。おまけに、誂《あつら》えたようなこの雪。

そして、夫婦ともいたって壮健だ。満ち足りた金婚式と言うしかない。これ以上、何を望むことがあろうか。

あるとしたら、離れに居座っている義弟の身の振り方が決まり、気持ちよく出ていってくれることだけである。自分たち夫婦の生活を侵害するようなことはないのだが、やはり脛《すね》に傷のある男がわが家の敷地内に留まっていると落ち着かない。

その希望もかなったとしたら、本当にもう何もない。世界の平和と安寧《あんねい》を祈るのみである。特に、日本の次代を担う若者や子供たちの幸福を希《ねが》いたい。今、この国は彼らにとって優しくはないから。

他人の幸せを祈るとはおこがましいようだが、その気持ちに嘘はなかった。来し方《こかた》を振り返ると、もちろん楽しいことばかりではなかった。金では苦労をした時期があるし、四十代では夫婦とも大病を経験した。それらを乗り越えて無事に七十二歳までたどり着き、枯れて欲はなくなった。人生の残された時間を平穏に。ただ、それだけだ。富や名誉は、それを渇望する者が摑み取りにすればよい。ただし、めいめいが払った努力とその誠実さに準じて。

「私もワイン、いただきます」

「注ぐよ」

ゆったりと静かに時間が流れ、雪はまだ盛んに降っている。

「あんまり積もられても困るな。明日は朝から出掛けるのに」

「朝から……何かありました？」

「〈クリスマスこどもフェスタ〉の会場で九時から打ち合わせ。決まってないことが色々あるんや。本番一週間前やていうのに」

「九時から。早いですね」

「ホールに業者さんがくるから、その時間やと都合がええらしい」

「雪、やむでしょう。夕方の天気予報で言うてましたよ。明日は曇りのち晴れやって。けど、朝はまだ残ってるでしょうね。車の運転、気ぃつけてください」

まだまだ自信があるが、高齢者が起こす事故が増えている。「注意するわ」と応えた。

「閉めましょか。なんや冷えてきた。お風呂に入って温《ぬく》もろうかしら」

安曇は窓辺に立ち、しばし雪景色を眺めていた。

「どうや、積もってるか？」

「お洗濯したてのシーツを敷いたみたいになってる。掻き集めたら小さな雪だるまが作れそう」

山の麓とはいえ、この時期にそこまで降るのは珍しい。雄二も立ち上がって、窓の外を覗いた。庭はただ白く、垣根の向こうにある雑木林のシルエットが仄《ほの》かに光っている。童話の挿絵《さしえ》のようだ。

「きれいやわ。雪がまっすぐきれいに落ちていく。ひらひらって舞いながら」

「風が、ないな」

首を伸ばして左手奥の木立に目をやってみると、どうやら離れの明かりは消えたままだ。

夕方、ワインを持ってやってきてから外出した義弟は、まだ帰っていないらしい。こんな悪天候の夜に、どこをほっつき歩いているのやら。離れの男を雄二は軽蔑していた。

安曇はカーテンを閉める。

「お風呂に入る前に、もう一回」

リモコンに手を伸ばす妻に、夫は微笑んだ。

2

田所雄二、安曇夫妻が迎えた結婚五十一年目の最初の朝。

雪は上がったが、空は重そうな雲に覆われていた。新聞によれば晴れるのは午後からだという。

玄関から外に出てみると、金剛《こんごう》山地の山並みから吹き下ろす風が強く、空気が冷たかった。

「これ、忘れてます」と安曇は夫の首にマフラーを巻いてやる。雄二は年齢のわりに上背があり安曇は短軀《たんく》だったので、小さく背伸びをしなければならない。

「重森《しげもり》君は、遅うまでどこに行っていたんやろな」

雄二は、庭の足跡を見ながら言った。それは母屋《おもや》に沿って延びている。L字をした敷地の奥にある離れまで続いているのだろうが、玄関先からは死角になっていた。

「雪がやんでから帰ったんやわ。ほんま、どこに行ってたんやろ」

重森弼《たすく》は、安曇の亡き妹の連れ合いである。身寄りがないため、困窮して義姉を頼ってきたことに対して、快くは思っていない。離れが空いていたのと、雄二が寛容なおかげで居候を許しているが、さっさと生活を立て直して出て行ってもらいたい、と常々思っている。ほったらかしなのでとりたてて迷惑は被《こうむ》っていないとはいえ、やはり雄二に気を遣うのだ。

「夕方ワインをもろた時、『どちらへお出掛けですか？』と訊いたんやけど、照れたように笑うだけやった。職探しやったらええんやけれど」

「このご時世、六十五歳で仕事を見つけるのは至難の業《わざ》でしょ。『もう諦めてパチンコのプロにでもなろうかな』とか言うてましたよ。昨日もそれですよ。あの人、そっちの才能はなんぼかあるみたい。――そんなことより、はよ行かなあかんのと違います？」

「そうやな。行ってくるわ」

雄二は風で飛びそうになった帽子を押さえ、コートの襟《えり》を合わせた。

屋根つきのカーポートには、雄二の愛車と重森の原付バイクが並んでいる。彼女らが寝静まってから帰宅したらしいヤマハＪＯＧのタイヤには、派手に泥を撥《は》ねた跡がついていた。

「気ぃつけて」

家の前は交通量が少ない道路だが、早朝からそれなりに車の往来はあるためか、雪は路肩にしか残っていない。運転に支障はなさそうなので、ほっとした。

夫を見送った後、安曇はダイニングに戻り、テレビを観ながら昨日の洗い物の残りをてきぱきと片づけた。その余勢を駆ってリビングに掃除機をかける。絨毯《じゅうたん》を掃除しながら、昨日何度も耳にした『金婚式』のメロディをハミングした。

機嫌がよかったせいで、いつにないことを思いついた。雄二が髙島屋で買ってきたチョコレートケーキが残っている。酒も餡蜜《あんみつ》も大好きという両刀遣いの重森なら、舌なめずりをしそうなケーキだ。久しぶりに母屋に呼んで、コーヒーでも淹《い》れてやろう。求職活動がどんな様子なのかも訊きたい。

掃除機をクロゼットにしまうと、彼女は上着を羽織って外に出、義弟の足跡を右手に見ながら離れへと向かった。

昨夜はベッドの中でわが身の幸せを噛み締めながら、六十を間近に控えて急逝《きゅうせい》した妹を思い出し、ふと不憫に思った。風邪をこじらせて肺炎であっけなく他界した妹。内気で我慢強く、善良だった妹。素行のよくない夫に諾々《だくだく》と従うだけだった妹。弼はいかがわしい商売で儲けた金をほとんど自分だけで使っていたから、家計はさぞや苦しかっただろう。雄二は「やりくりで苦労させたな」と言ってくれたが、妹の弓恵《ゆみえ》に比べれば何ほどのこともない。それどころか、雄二に内緒で仕送りをしてやったこともあるのだ。生活費にも事欠き、自分が風邪に罹《かか》っても医者に行くことなど思いもよらなかったのだろう。

かわいそうな弓恵。だが、せめてもの幸いと言うべきことが二つある。一つは、目に入れても痛くないほど可愛《かわい》がっていた息子が海水浴場で溺死《できし》するのを見ずに済んだこと。もう一つは、夫が友人と組んで行なっていたビジネスが――ビジネスというに値しないが――無限連鎖講と認定され、特定商取引法違反の容疑で逮捕されるのを見ずに済んだこと。いずれも弓恵の死の翌年に起きた。

　よほど手口が巧妙だったのか、弼もその友人も起訴には至らなかったのだが、民事の損害賠償までは逃れられず、不正で得た蓄財も社会的信用もすべて失ってしまう。愚かと言うしかない。

　三ヵ月前、そんな義弟が「恥を忍んでお願いします」と転がり込んできた時、安曇は怒りで逆上しそうになった。それなのに離れを使わせてやることになったのは、改悛《かいしゅん》の情が窺えたのと、尾羽《おは》打ち枯らした様子があまりに憐れだったせいだ。「弓恵を死なせた全責任は私にありますが、息子を不慮の死で亡くしたのは神様の罰です」と涙ぐむ彼を見て、まず人情味の篤《あつ》い雄二がほだされ、最後には安曇も居候を許すことにした。ただし、使用してもいいのは離れに限定し、滞在はどれだけ長くても来年の四月までと期限を切っている。安曇にとって譲れない一線であった。

　雑木林を渡ってくる寒風に吹かれながら、離れまでやってきた。切妻屋根が雪をかぶっている。外観は山荘風で、中は八畳の洋間が一つにバス・トイレがついている。わざわざ建てたものではない。今の家を十六年前に中古物件として買ったらついてきたのだ。以前の住人が、やはり親戚を居候させるために造ったものだと聞いている。田所家では、ゲストハウス的な使い方をしており、遊びにきた妹一家を泊めたこともある。だから弼が頼ってきたのだ。

　ドアチャイムなどはないので、合板の扉をノックする。

「弼さん。いてますか？」

返事がないので、繰り返す。

「いてますか、弼さん？　私ですけど」

明かりが点いていないので、まだ寝ているのかもしれない。もう十時が近いのだが。

ノブを捻ったら、すっと開いた。ここまできたのだから、と隙間から覗いてみる。

「弼さ――」

ジャンパーを着た男が床に倒れていた。かっと見開いた目と視線がぶつかり、息が止まる。

顔貌が変わっているので瞬時には判らなかったが、弼だ。

助け起こそうとして、体が硬直した。義弟の太い頸部に黒い紐が巻きついているのが見えたのだ。

3

「木の格子といってもこんな細いものですから、糸鋸《いとのこ》でもすぐに切断できそうです。無用心でしたね」

鮫山《さめやま》警部補の言うとおりだ。これしきのものなら、全部切るのに五分と要しなかっただろう。それから犯人は窓ガラスを石で割り、楽々と侵入したようだ。

「無用心なのも仕方がありませんか。でんと立派な母屋を無視して、こんな離れに押し込む泥棒がいるとも思えません。外から見たら納屋《なや》ですから」

火村英生准教授はトイレの窓をざっと見分《けんぶん》してから、八畳の部屋に戻ってくる。ベッドとクロゼットの他には、ささやかなキッチンと食器棚、小型の冷蔵庫とガスストーブがあるだけ。被害者が所持していたものは、クロゼットと部屋の一隅に鎮座している大きなトランクにすべて収まっていた。

「財布がなかったとか?」

私が尋ねると、火村よりも学者然とした銀縁眼鏡の警部補は頷く。

「はい。札入れがなくなっています。被害者が着ていたジャンパーのポケットには、小銭入れだけが残っていました。室内を物色した跡はありません」

「住人が帰ってきたので、空き巣が強盗に変身したわけでもなさそうやな」

私のコメントに、友人でもある犯罪学者はふざけた答え方をする。

「有栖川有栖先生に同意。こんな家を狙う空き巣がいるとは思えない。ぱっと見たところ、人が住んでいるかどうかも怪しいぜ」

さっき鮫山が言ったとおり、すぐ横には瀟洒《しょうしゃ》な邸宅が建っているのだ。盗みが目的ならば、そちらのトイレの窓を破ったはずだ。少し下調べをすれば、老夫婦が二人だけで暮らしていることが判っただろうし。

「被害者はジャンパーを脱ぐ間もなく殺されている」火村が口を開いた。「住人が帰ってきて慌てたんだとしても、いきなり頸《くび》を絞めるのも不自然です。凶器のロープも犯人が持参したものなんでしょう?」

「はい、おっしゃるとおり。札入れを失敬したのは、行きがけの駄賃でしょう。強盗の仕業に見せ掛けようとしたわけでもなさそうです」

そこまで言って、警部補は一度くしゃみをした。

「すみません。鼻がむず痒《がゆ》くなっただけです。インフルエンザではないので、ご安心を」

ストーブに火が入っていないので、足許から冷える。私は、こっそりティッシュで洟《はな》をかんだ。

警部補によると、義姉の田所安曇がコーヒーとケーキをふるまおうとしたことに加え、犯人が現場に施錠をせず逃走したため、死体発見が早まったらしい。田所夫妻は、殺された重森弼と一度も顔を合わさない日もあったという。もしも発見が翌日にでもなっていれば、法医学的な死亡推定時刻の幅は非常に広くなるところだった。

「えーと、殺されたのは、十二月十二日の午後十時から十三日の午前二時にかけて、でしたね」

私は手帳で確認しながら言う。

「はい。それ以上は狭まりませんでした。ストーブが点いていた可能性も無視できませんから」

　実際の犯行時刻はもう少し絞れるらしい。そのあたりの事情について、鮫山はあらためて説明してくれる。

「重森弼がいつ外出先から帰ってきたのか。それについては、よく判っていません。ただ、雪がやんでからであることは明らかです。さっきご覧になったとおり、この離れまで足跡が遺っていますからね」

　十二日の夕方五時からこのあたりではまとまった量の降雪があった。やんだのは夜が更けてからで、翌日の正午近くまで庭に積もったままだったのである。

「母屋にはずっと田所夫妻がいましたが、重森の姿を見ていません。十二日は二人で金婚式を祝い、十一時半まで庭に面した窓のある部屋で過ごしたので、被害者が帰ってきたなら見逃すはずがないと証言しています」

　遺体の様子や足跡の写真は、ここにくる前に捜査本部でたくさん見せてもらった。雪上の足跡は判で捺《お》したように鮮明で、不自然な点はなかった。それが母屋の窓のすぐそばを通っていたことも覚えている。

「夫妻が十一時半に寝室に引き上げる際、まだ雪は降っていたそうです。従って、被害者が帰宅したのはそれより後ということになります。このことから、犯行があった時刻は同日午後十一時半から翌日午前二時の間と推定されるわけです」

クロゼットを覗いたりトランクの中身を調べたりしながら聞いていた火村は、手を止めてこちらに向き直った。

「そのまま床に就いて、怪しい物音などは耳にしていないんですね？」

「ええ、何も。すぐに眠ったそうです。起きていたとしても、頸を絞められた被害者は大声も出せなかったでしょうから、犯行に気がつかなかったとしても変ではありません。おまけに、ここらは山からの風が吹き降ろすので、防寒用の分厚いペアガラスの窓だそうですからね」

山の麓で近辺には人家も疎らだ。記念すべき夜は、とても静かだったのだろう。それにしても——金婚式を仲むつまじく祝い、安らかな眠りに落ちた老夫婦。その床から直線距離にして五十メートルも離れていないところで殺人が行なわれていたとは、世の中は残酷で皮肉に満ちている。

「被害者の当夜の行動はどこまで把握できているんですか？」

「夜七時頃、国道沿いの〈フォーチュン〉というパチンコ店にいたことまでは摑めています。調子が悪かったらしく、顔見知りの従業員に『今日は厳しいね。よそで取り返してくるよ』とひと声かけてから店を出て、以降の足取りは不明です。周辺のパチンコ店や飲食店に聞き込みをかけてはいるんですが」

誰と会う約束があったわけでもなく、独りで遊んでいたのだ。そして、独りで夕食を済ませたものと思われる。

「どこかでトラブルに巻き込まれた可能性もありますね。その夜、初めて会った人物が犯人なのかもしれません」

私が言うと、火村はにべもなく首を振ってくれた。

「いや、それはないな。犯人は被害者が帰宅する前に離れに侵入して、待ち伏せしていたんだ。行きずりの喧嘩や口論が人殺しに発展したんじゃない」それから警部補に「ここはもう結構です。犯人が出入りした痕跡を見せてください」

「では、こちらへ」と警部補は外へ出て、離れの裏手に回った。

田所邸の敷地は、およそ百三十坪。それを高さ一メートル五十センチばかりの低いフェンスが囲っている。これまた無用心にも思えたが、母屋の戸締りさえしっかりしておけば心配はいらぬ、ということだろう。

「フェンスのちょうどこのあたり。トイレの窓のすぐそばに、人が乗り越えた跡がありました。そこだけ雪が落ちていたんです。フェンスと窓の間にも、もちろん雪は積もっていましたんですが、足跡は採取できませんでした。犯人が離れから持ち出した竹箒《たけぼうき》で掃いたためです」

フェンスと窓の間隔は、約二メートル。箒を使いながら、後退《あとずさ》りしたのか。

「そうやって犯人はこの向こうの雑木林に出て、付近に隠してあったバイクで逃走したものと見られます。といっても、バイクの轍《わだち》がついていたわけではありません。これまた掃いて消されています。用済みの竹箒は、道路脇の側溝に捨てられていました」

「それやったら、どうして犯人がバイクで逃げたと判るんですか？」

素朴な疑問が私の口をつく。

「ははぁ、有栖川さんがおっしゃるのもごもっとも。いかにも二輪車の轍を消した跡に見えた、では答えになりませんか。しかし、犯人がどこからやってきたのにせよ、徒歩とは考えにくい。ここから最寄りの駅まで四十分はかかります。歩けないわけではありませんが、大変ですよ。ましてや雪が降る中となると」

強盗説は成立しないようだから、犯人は現場の窓を割って侵入し、被害者が帰るのを待ち伏せていたものと考えられる。そんな計画的犯行に及ぶにあたっては、〈足〉を用意するのが自然ではある。

「バイクを林から出してしまえば、あとは乗って逃げるだけです。道路についた轍は長くは原形を留めなかったでしょう。現に翌朝の八時過ぎには、道路の雪はなくなっていました。

――まだ釈然としませんか？」

疑わしげな表情になっていたらしい。私はただ、犯人が歩いて立ち去った可能性を保留したかったのだ。鮫山は、手刀を切るようなしぐさをする。

「説明が拙《まず》くてすみません、有栖川さん。実は、そう考える根拠が他にもあるんですよ。現在、捜査線上に二人の男が浮上しており、そのいずれもが日常的にバイクを乗り回しているんです」

「ああ、それで」と納得すると同時に、文句を言いたくなった。

「鮫山さんも人が悪いですね。容疑者がいてるんやないですか。それを隠しといて、こんなところに入る空き巣がいるとは思えません、やなんて言うてたんですか」

「失礼しました」と詫びる警部補。

火村はフェンスの上に伸び上がり、あたりを見渡していたが、大した発見はなかったようだ。つまらなさそうな顔で質問する。

「容疑者ということは、強い動機を持っているんですか？」

「かなり強い動機があります。両人とも重森弼の口車に乗せられて、ひどい目に遭っていましてね。『僕はやっていません』と否定しながら、重森に対して恨み骨髄《こつずい》に徹していることは隠さないほどなんです」

角田允彦《つのだみつひこ》と折口大二郎《おりぐちだいじろう》。

いずれも二十七歳なのは、あながち偶然でもない。二人とも大学在学中に重森の勧誘でユースホープなるネズミ講に嵌まり、金や友人をなくしているのだそうだ。

重森の友人が設立し、誘われて彼が深く関わったそのユースホープは、世知に疎《うと》い大学生を鴨にしていた。悪質と言うしかない。騙された学生たちは同情されるどころか、世間から

「学生の本分を忘れて欲に走った報いだ。人生の高い授業料だと思え」という批判を受けた。それを苦にして自殺した女性もいるほどだ。社長をはじめ重森ら幹部は逮捕されるも、法の網をからくも潜《くぐ》って起訴には至らなかった。しかし——

去年の二月には、同グループの勧誘員をしていた三十八歳の男が横浜の路上で刺殺された。一週間後に捕まった犯人は、留学資金を失って将来の設計が狂った上、恋人に去られた二十六歳の男。それだけでも衝撃的なのに、さらに社会を震撼《しんかん》させたのは犯人が逮捕時に発したメッセージだ。ユースホープの社長らが刑事罰を免れたことに憤《いきどお》り、「社会に正義がないのなら被害者の手で天誅《てんちゅう》を下すしかない。オヤジどもの食い物にされたまま泣き寝入りしてたまるか。同志よ、俺のあとに続け」といったことを叫んだのである。

これに呼応した事件が、五月に東京で発生した。やはり元勧誘員が自宅前で切りかかられて、軽傷を負っている。さらなる暴力の連鎖が懸念されながら、その後、事態は鎮静化していたのだが。

「悲劇が繰り返されてしまったようです」

嘆息する鮫山に、火村は重ねて尋ねた。

「しかし、そういうことなら被害者を恨んでいた人間は相当いたでしょう。どうして角田と折口に目をつけたんですか？」

「ユースホープは首都圏を中心にした事件で、関西で被害を被った者は少ないんです。また、これまで復讐を決行した若者二人は、いずれも自分を直接騙した勧誘員を襲撃しています。重森について言えば、彼が大きな損害を与えた相手は角田と折口の二人だけ。そういう理由で彼らに注目したんですよ。すると――」

角田は、なけなしの金を叩《はた》いて調査会社の探偵を雇い、重森の所在を調べ上げていた。折口についてはどうやって突き止めたのか不明だが、事件の半月ほど前、彼に酷似した男がこの近くを徘徊《はいかい》していたことが聞き込みで判明している。

「そこまではよかったんですが、調べてみたら彼らにはアリバイがありました。これが崩せそうで崩せません」

角田允彦は、十二日の午後十時にコンビニのアルバイトを上がって堺《さかい》市内の自宅アパートに戻り、ずっと家にいたと言うが、独り暮らしで証人はいない。ただ、十三日午前零時二十分以降の所在ははっきりしている。家にいてもつまらないので、近くのインターネットカフェに出掛け、夜明け近くまでいた。これについては、顔馴染みの従業員の証言がある。

折口大二郎は、大阪市内の友人宅に泊まりがけで遊びに行っていたが、些細《ささい》なことから口論となり、十三日午前一時四十五分に家を飛び出した。二時には東大阪市内の自宅に帰ったという。

「要するに、角田が十三日午前零時二十分に当該ネットカフェに現われるには、ここを十一時十五分までに発たなくてはなりません。また、折口が十三日午前一時四十五分まで大阪市内の友人宅にいたのなら、どれだけ急いでもここに着くのが午前二時半を過ぎます。どっちが犯人だとしても、二十分から三十分ほど時間が足りない」

私はまた手帳を開いた。犯行推定時刻は、十二日の午後十一時半から十三日の午前二時。なるほど、これはアリバイ成立だ。角田が犯人なら零時二十分にネットカフェに出現できず、折口が犯人だったら二時までに犯行現場にたどり着けない。

「証言に嘘や錯覚がないか精査しましたが、綻《ほころ》びはまったくありません。そこで立ち往生です。二人とも動機を持ち、かつ不審な動きをしていて、バイクを所持している。彼ら以外に疑わしい者も見つからないんですがね」

そこまで聞いたところで、火村が珍しい反応を見せた。犯罪社会学者の彼は、警察の許可を得た上で捜査の現場に乗り込み、これまでに幾多の事件の解決に貢献してきた。いわば臨床犯罪学者である。警察にすればありがたい協力者だが、そんな特異なフィールドワークができるのは当局の理解があってこそ。それを重々承知しているはずなのに、不満を表明したのだ。

「その鮫山さんの口振りからすると、犯人はその二人のうちのどちらかに絞られているようですね。お手伝いできることはあまりなさそうだ。彼らをしっかり洗えば、どこかで犯跡が見つかるでしょう。お呼びいただくには及ばなかったんじゃないですか?」

聞きようによっては、これしきの事件は俺が出るまでもない、と取れる。実際、そんな想いを抱いたのかもしれない。

　これに対して警部補は落ち着いた物腰のまま、いったん頷いてから、微かに笑みを浮かべた。

「お忙しい先生にお声を掛けたのは、理由があってのことです。――田所雄二氏が不慮の事故に遭われたことはお話ししましたね」

　ここにくるまでに聞いた。死体発見の六日後、十二月十九日に河内長野《かわちながの》市内のスーパーの階段で転倒し、年明けまで入院していたという。

「もう大丈夫なんですか？」

　さすがに火村は心配そうな顔をした。この後、母屋で会って話を聞くことになっているから、寝込んだりはしていないのだろうが。

「体の方は、まぁ、それなりに。側頭部を階段の角で痛打しましてね。意識不明で病院に運ばれたんですが、それは単なる脳震盪《のうしんとう》で、幸いなことに外科手術をせずにすみました。そこまではよかった」

　そこから先に不都合が生じたらしい。

「田所氏は、脳震盪を原因にした逆行性健忘に罹ってしまったんです。いわゆる記憶喪失ですね。スーパーで転倒する前、およそ一年間の記憶が欠落しています。招かれざる客として重森弼がやってきたことも、楽しかった金婚式のことも、まったく覚えていません」

小説やドラマでよく出てくる言葉をいきなり聞かされて驚く。本当にあるんだ、とすら思った。

「それはお気の毒に」胸が痛んだ。「恢復《かいふく》の見込みはどうなんですか？」

「焦らずに治療を続ければ、そのうち記憶が甦ることが期待できます。投薬と、近親者のサポートによって。五十年連れ添った夫人が、田所氏に昔の写真を見せたり、印象に強く残っているだろう想い出を語ったりしているところです。娘さんとお孫さんがアメリカから帰ってきて、夫人とともに甲斐甲斐《かいがい》しく接しているんですが、今のところはそんな努力も実を結んでいません」

義弟が自宅の敷地内で殺されてから一週間とたたないうちに愛する夫が記憶喪失に陥ったとなると、夫人の精神的な負担はいかばかりか。同情を禁じ得ない。

「ところで、それが今度の事件と何か関係しているんですか？」

火村の問いに、警部補は「はい」と答える。

「田所氏は、事故に遭う十分ほど前、夫人に電話をしています。『気になっていたことを警察に行って話す』と。どうやら犯人の見当がついていたようなんです」

「重大な情報がどんどん出てきますね。田所氏は、犯人を目撃しながらかばっていたんですか？」

「夫人によると、『犯人を見てはいない』と田所氏自身が明言していたそうです。事件の前後に不審者を目撃したわけでもないし、何かを聞いたのでもありません」

火村の眉根が寄った。鮫山の話は、私にもよく理解できない。准教授は、苦笑いしながら頭を搔いた。

「それなのに犯人の見当がついたとは、どういうことでしょう？　霊感や神様のお告げで犯人の正体を突き止めただなんて言われても困ります」

「田所氏は、いたって謹厳な人物で、その類のものをいっさい信じていなかったようです。『いい加減な理由で警察に行こうとするはずありません』と夫人が――」

「だったら、何故？」

警部補は、眼鏡の蔓《つる》をつまんで持ち上げた。そして、予想していなかったことを私たちに言う。

「謎です。何故、田所氏に犯人が判ったのか？　火村先生と有栖川さんには、その謎を解いていただきたいんです」

4

母屋の一階のほとんどが、ゆったりとしたＬＤＫで占められていた。テーブルやソファなどの家具や照明器具、カーテン、絨毯、壁に掛けられた時計やジャスパー・ジョーンズ風の抽象画といったものすべてが調和しており、ひと言で評すると趣味がいい。飾り棚の河童《かっぱ》の木彫り人形だけが可愛すぎる気もしたが、あとで聞いたところによると新婚旅行で買った想い出の品らしい。

こういう部屋に通されると、住人のセンスのみならず精神の健康さを感じるものだ。華美ではなく、地味でもなく。老境の夫婦が一日の大半を過ごす場所として申し分がないだろう。ソファには、ややふっくらとした老婦人と、同じく頬肉が豊かなロングヘアの女性が掛けていた。田所安曇とその娘の弥生《やよい》だ。面立《おもだ》ちも体型もよく似ている。

鮫山が私たちを紹介すると、安曇は軽く会釈し、弥生はすっと立った。

「父を呼んできましょうか？　今日は病院に行かない日なので、部屋で眠っています。退院してから昼寝が日課になっているんです」

「もう起きる頃なんですけれどね」

安曇は、三時半を指している時計を見て言う。この部屋と同様に、しっとりとして上品そうな夫人だ。気持ちも強いのだろう。災難に続けて見舞われながら、やつれた様子はない。

「それでは、奥様のお話を先に伺うことにします。そのうちご主人がお目覚めになるでしょう。――具合はいかがですか？」

警部補の丁重な訊き方に、夫人はまた頭を下げた。

「後遺症が出ないかと心配していたんですが、特に何もありません。記憶が戻らないこと以外は……」

「そうですか。早くよくなっていただきたいですね」

腰を上げた弥生はそのままキッチンに向かい、お茶を淹れてくれると、黙って部屋の奥に去った。その向こうに階段があるのだろう。「ねぇ、ママ」という声が足音とともに降りてきたが、「くるみちゃん、階上《うえ》にいましょう」と母親が押し返していた。

「事件のあった日のことを、こちらの先生方にお聞かせください。何度も申し訳ありませんが、お願いします」

鮫山はそう言った後、火村にすべてを任せた。

「英都大学の准教授でいらっしゃいますか。その若さでご立派ですね」三十四歳という年齢に夫人は反応する。「うちの主人も国文学の研究者を目指していたことがあります。人間関係で嫌なことがあってやめてしまいましたけれど」

「それで学習塾を始めたんですか？」

「あの人は、生活費を稼ぐために塾で働いていました。そこが放漫経営で左前になり、子供たちが投げ出されそうになったもので、それを引き取って建て直したんです。下手をしたら破滅するところで、今思うと綱渡りみたいなことをしました」

素性のよく知れない犯罪学者——プラスその助手と称する推理作家——を前にして、安曇はしばらく緊張していたようだ。しかし、五分もすると肩の力が抜け、舌の回転も滑らかになっていた。

「――というわけで、私たちは義弟がどんな日常を送ってたのかよう知りません。わずかな貯金を取り崩しながら、特技のパチンコでお小遣いを稼いで生活してました。昔の知り合いと会《お》うたり連絡を取ることもなかったみたいです」

重森の携帯電話の通話記録を調べても、その形跡は見つからなかった。じっと逼塞《ひっそく》していたのだ。

「事件の前に、ふだん見慣れない人間を見かけることはありませんでしたか?」

「刑事さんにも訊かれましたが、心当たりはありませんね。記憶をなくす前の主人も同じです」

折口らしき男を見たのは、近隣の住人だけなのだ。

「去年、横浜と東京でユースホープの元勧誘員が襲われる事件がありました。そのことについて、何か話していませんでしたか?」

「『今頃になって怖いよね』とか言うてましたけれど、わが身に危険が及ぶと心配してたふうでもありません。『有り金をなくした連中にも非はあるんだし、僕は損害賠償で誠意を尽くした。逆恨みされる筋合いはない』と。うちに転がり込んできた時は、それはもうしおらしく猛省の態度を示してたんですけれど、じきにメッキが剝げてしまいました。残念なことです」

その声に、わずかに怒りがにじむ。妹への冷たい仕打ちのこともあるから、義弟にいい感情を持てなかったのも無理はない。

十二月十二日の話になると、次第に表情が和《やわ》らいだ。そして、素晴らしい金婚式について一生懸命に語ってくれるのだが、それは本題ではない。

「歳の瀬の忙しい時に、よく結婚したもんです。しかもその時、主人はまだ大学の四年生でした。何を焦ったんでしょうね。われながら呆れてしまいます。結婚式も挙げず、二人で役所に行って籍を入れてから、近くの神社で手を合わせただけです。神様に拝んで、アパートに帰る途中で雪がちらちらしたんですよ。淡雪でした。ああ、いえ、淡《あわ》い雪ですね。主人に『淡雪というのは春先に降ってうっすら積もる雪やで』と訂正された。『天から僕らへのプレゼントや』と彼は喜んで、両手を広げて受けていましたよ。家の屋根を白う染めたんですけど、じきにやんで、すぐ解けてしまいました。銀婚式の夜にも雪が――」

切りのいいところまで聞いてあげてから、火村は脱線気味の話を軌道に戻す。確かめたかったのは、午後十一時半まで夫妻がこの部屋にいたこと。その時刻まで重森が帰宅しなかったこと。夫人の答えは揺るがなかった。

「なるほど、はっきりしているわけですね」准教授も認めるしかない。「奥様がお風呂に入られたのが十時半。この部屋に戻ったのが十一時十分。その時も雪は降っていた」

「はい、そうですよ。いくらか小降りになっていましたけれど。主人はあそこに座って、窓を見ていました。『結婚した日も、こんな感じの降り方やったな』ってうれしそうでしたね」

ダイニングのテーブルの方を指差す。

ここで初めて鮫山が「ちょっといいですか」と割り込んできた。

「奥さんがお風呂に立ったのが十時半。ここに戻ってきたのが十一時十分。その時刻に間違いはありませんか？」

夫人は、何を今さら、と言いたげだ。それこそ何度も答えてきたことだろう。

「はい。自信を持ってお答えできます。警察はお疑いなんですか？」

「勘違いしたということがないか、念のために伺ったんです。これが最後で、もう訊きません。と申しますのは、大阪管区気象台によるとこのあたりの降雪は、午後十一時三分にやんでいるんです。奥様のお話では、十一時半を過ぎて寝室に上がってからも、まだ降っていたということなので、お宅の時計が狂っていたということがないかと思ったんです」

「気象台がどこでの観測を基準にしているのか存じませんけれど、雪や雨はある瞬間いっせいにやむわけではありません。それぐらいは誤差のうちやないですか」

「時計は正確でしたか？」

苛立《いらだ》ったのか、ここから彼女は早口でまくしたてる。

「この部屋だけで三つ時計があります。壁と、そこの飾り棚と、キッチンの中に。それが全部狂ってたやなんて考えられません。あれから触ってませんけど、ほら今、どの時計も正しい時刻を刻んでますよ。そうそう。私ら夫婦はあの夜、長男がプレゼントしてくれた腕時計を嵌めてました。それを合わせたら五つ。寝室の時計を合わせたら六つ。それだけやありません。娘が送ってくれたお祝いメッセージのDVDを観ようとしてテレビを点けたら、ちょうど十時のニュースが始まるところでした。その時、掛け時計がぴたり十時やったのんを覚えています。主人も私も時間にはうるさいので、常日頃から時計は一分と狂わんようにしています」

そこまで言われては、鮫山も引き下がるしかない。警部補は火村と交代した。

「細かいことですが、確認させてください。奥様は入浴する前、寒くなってきたと感じてカーテンを閉めています。それをご主人がまた開いたわけですね？」

「主人の他に開ける人はいません。雪を眺めたくなったんでしょう。おかしいですか、先生？」

「いいえ、ロマンティストのご主人らしいと思います」

湯上がりの妻のために夫は暖房を強くしていた。ぽかぽかと暖かな部屋で夫妻は雪を見ながら二十分ほど話して、十一時半にこの真上にある寝室へ上がる。最後にカーテンを閉めたのは雄二だ。

安曇は寝室のカーテンをめくって、その夜最後の雪を見てからベッドに入った。それからすぐに眠り、何も見たり聞いたりしていない。

一夜が明ける。ボランティア活動の打ち合わせに行く夫を送り出したのが八時半。家事をすませ、義弟にコーヒーとケーキをふるまってやろうと思いついて離れに行って遺体を発見したのが九時五十分。すぐに警察に通報し、続けて夫にも電話をかけた。雄二が飛んで帰ってきた時には、もう機動捜査班が仕事を開始していた。

新しい情報は引き出せない。それでも火村は落ち着いた調子で質問を続けた。

「事件について、ご主人とどんなことを話しましたか？」

「『怖いね』とか『ひどい』とか、そんなことばかり。『やっぱりユースホープで大損をした人の復讐なんやろうね』と私が言うと、難しい顔をしていました」

「難しい顔というと？」

「深刻な顔、というぐらいの意味です。『嫌な世の中やな』と溜め息をついたりもしてましたね。ずるい大人が経験のない若者を誑《たぶら》かす。やられた方は泣き寝入りするか暴力に訴えて仕返しするしかない。憂《うれ》うべきことです。主人は私に気兼ねして言いませんでしたが、ほんまは死んだ義弟のことを非難したかったんやと思います。あの人たちが学生さんを騙す時のキャッチフレーズ、ご存じですか？　『今からがっちり老後の資金を』ですよ。そうやって欲に駆り立てたんです。そんな謳《うた》い文句が若い人にアピールするやなんて、とんでもないことです」

夫人の小さな肩が、わずかに顫えた。火村は相槌《あいづち》を打つでもなく、次の質問に移る。

「でも、ご主人には犯人の見当がついていたようですね。だから十二月十九日になって警察に出向こうとした。いつ、何がきっかけで気づいたんでしょう？」

「階段で転ぶ前日に、匂わせるようなことを言いました。『容疑者が二人浮かんでいるらしいけど、警察に尋ねても住所や連絡先は教えてくれへんやろな』と言うので、『そんなこと訊いてどうするんですか？』と訊いたんです。そしたら言葉を濁して……。何か探りを入れようとしたんかもしれません」

「そんなことをするより、思い当たることがあったのなら警察に話せばよさそうなものですが」

「私もそう思います。何を考えてたのやら」

不可解な行動ではある。もしかしたら、という考えが浮かんだのだが、火村の質問を遮るのを憚って口を噤《つぐ》んだ。

「その翌日にご主人はスーパーの階段で転倒してしまうんですね。直前に入った電話の内容をできるだけ正確に再現していただけますか？」

「よく覚えています。『買い物しながらよう考えたんやけれど、これから警察に行ってくる。やっぱり刑事さんに話しといた方がええから。気になってることがあるんや』と言うので、『何のことです？』と訊きました。そしたら『話したら長《なご》なるから、帰ってから言う』ですよ。『もしかしたら、犯人の影でも見てたんですか？』と訊くと、『いや、何も見てへん。せやけど僕には判ったみたいなんや。とにかく詳しいことは帰ってから。また電話する』で切れました」

そのやりとりを反芻《はんすう》しているのか、犯罪学者はしばし沈黙した。犯人の影さえ目撃していないのに、「僕には判ったみたい」とはどういうことか？　まるで謎掛けである。

「その電話からものの十分ほど後で、階段で足を踏みはずしたんです。考え事をしてて、注意が散漫になってたんかもしれません」

「もしかして」私は咄嗟《とっさ》に尋ねていた。「ご主人は犯人に尾行されていたんやないでしょうか？　警察に行くと電話しているのを聞いて、これはまずいと恐慌をきたし、階段でご主人の背中をどんと押した、というようなことは――」

「それは違います」

横っ面《よこつら》に鮫山の声が飛んできた。待ちかまえていたかのようだ。

「スーパーの警備員や客など、見ていた人がたくさんいるんです。純然たるアクシデントだとみんなが証言しています。田所氏が転んだ時、その背後はおろか近くにも他の人間はいませんでした。両手がふさがっていたので、手摺《てすり》を摑みそこねたんですね」

夫人が目を伏せて、自分を詰《なじ》る。義弟が殺されたことのショックや警察による連日の事情聴取のせいで疲れていたため、夫に買い物を任せたことが仇《あだ》になったと悔いる。だから両手がふさがっていたのだ、と。

「事故はいつでも起き得ます。不運だったというだけですよ」

　火村がさらりと慰めると、安曇はようやく顔を上げた。ありふれたひと言が欲しかったのだろう。

「大丈夫です。どうぞ続けてください」

「では。ご主人には犯人の見当がついたようですが、いつどんなきっかけで気づいたんでしょう。事件の後の様子を顧《かえり》みて、思い当たることはありませんか？」

「それが、これといって何も……」

　スーパーで何かを目にして閃《ひらめ》いたのでは、と思いかけたが、そうではない。その前日、すでに雄二は意味ありげな言葉を洩らしている。

「警察に行こうと決意するまで、逡巡《しゅんじゅん》があったようですね。あたかも犯人をかばおうとするかのように。角田允彦と折口大二郎。この二人のうちのどちらかをご主人は知っていたのではありませんか？　昔の教え子やその身内だったから、こっそりと電話して自首を勧めたくなったのかもしれません」

「刑事さんからも『ご存じではありませんか？』と訊かれましたが、主人は否定していました。そんなところで嘘をつくとは思えません。もし教え子だったとしても、どうして根拠もなく犯人扱いしてかばう必要があるんですか？」

　切り返されて、火村は「おっしゃるとおりです」と言うしかなかった。

その時、部屋の奥のドアが開いて、ニットのカーディガンを羽織った長身の男が姿を見せた。頭にネット包帯をかぶっていて、私たちの方を茫洋《ぼうよう》とした目で見る。その背中に半ば隠れて、すらりとして手脚の長い少女が立っていた。

「ユーさん、お目覚めですか。気分はどない？」

妻の問いかけに「ああ、ええわ」と答える。そして、少女に嚙んで含めるように言った。

「くるみちゃん、二階の部屋でゲームの続きをしてなさい。お話が済んだら呼ぶから」

「屋上に出てもいい？」と少女。

「ええけど、寒いからその恰好ではあかんで」

祖父の言葉に頷き、少女はくるりと踵《きびす》を返した。本当はこの部屋でテレビでも観ながら寛《くつろ》ぎたかったのかもしれない。

雄二は、ゆっくりとこちらに歩いてくる。まるで壊れ物を運ぶような足取りだ。病み上がりのせいなのだろうが、これ以上記憶がこぼれ落ちるのを防ごうとしているかに見える。妻の横に掛けると、まず息をついた。

「私、警察に行って何かお伝えしようとしてたみたいですね。大事なことだったんでしょう。それが何なのか、まだ思い出せません」

訊かれる前に言った。恬淡《てんたん》とした口調だ。焦ってもどうにもならない、と悟ったかのようこ。

妻が謹厳と評しただけあって、口許が引き締まっている。顔立ちは若々しく、聡明そうな目をしていた。それだけに現在の自分の状況が歯痒いに違いない。

「記憶をなくす前のことを、家内から詳しく聞きましたけれど、わけが判りません。お役に立てずに残念です。娘と孫は、明後日アメリカに帰ります。それまでに何とかなったらよかったんですけど」

近くで見ると、頬のあたりや手首に擦過傷《さつかしよう》があって痛々しい。骨折などしなかったことが不幸中の幸いか。彼は言う。

「誰が犯人かを思いついたんやとしたら、それを最優先で思い出さんといけませんね。しかし、私が悔しいのは十二月十二日の夜の記憶が飛んでしもたことです。家内がなんべんも言うてくれるんですよ。楽しい晩やったと。そっちの記憶が戻ってきて欲しい」

この証人に何をどう尋ねればいいのだ。私が戸惑っていると、火村は静かに言った。

「お大事になさってください。記憶が早く戻ることをお祈りしています」

夫妻との面談が終わった。

5

鮫山は「ちょっと失礼します」と警察車両に向かう。無線でどこかと交信するらしい。火村と私は、L字形をした庭をぶらつきながら意見交換を行なうことにした。

「けったいな具合やな。火村先生が出馬するより前に犯人を見抜いた人物がいたが、アクシデントでその記憶が消えてしまった。さて、彼は何を根拠に誰を疑ったのでしょうか？　新機軸の問題やな」

火村はポケットからキャメルの箱を取り出し、「何が新機軸だ」と言いながら一本くわえる。

「しかし、難解な謎やないか。どこからどう考えたらええんやろう。何も見ず、何も聞かずで犯人が判ったはずがないのに。推理だけで解こうとしても必要なデータなんかあれへん。田所氏は、容疑者の名前だけで犯人の見当がついたみたいや。そんなことは不可能やろう？」

「できるとは思えない」

よかった。できなくもない、と言われたらどうしようかと思った。

「せやけど、田所氏が警察から聞いてたのは容疑者の名前だけや。顔も居住地も知らん。年齢はどちらも二十七歳、動機はどちらもユースホープがらみ。そして、アリバイは両人ともあり。犯人を指摘するための材料は名前しかない」

准教授は、煙草を吹かしながら黙している。さっきは警部補に「これしきの事件は俺が出るまでもない」と言いたげだったのに――これは私の想像で、そこまでは思わなかったのかもしれないが――、歯応えがありすぎて苦戦しているようだ。

「何が推理の材料なのかを推理する、という問題やな。離れの構造やこの敷地の特性というものでもないやろう。それやったら、奥さんも気がつきそうなもんや。田所氏だけが知っている事実があるのかもしれへんけれど、それが犯人像とどう結びつくのかが判らん。つるつるの壁をよじ登ろうとしてるみたいや」

たちまち一本目の煙草が灰になる。火村は吸殻を携帯灰皿にしまうと、二本目に火を点けた。

「先生、耳の孔《あな》から煙が出てるぞ」

「気を遣って風下に立っているだろ」

真顔で言ってから、また黙ってしまった。仕方がない。私が思いつくまま何か口走ろう。的《まと》はずれなことを並べて、行き止まりを指し示すのが自分の役目だ。

「この事件がミステリやったら、田所夫人が犯人という手があるな。義弟の生活態度に怒った夫人が、衝動的に殺めてしまう。それを知った夫は――」

おそらく犯行があったのは雪が降っている最中だ。雄二は妻をかばうために以下の工作をする。まず、何者かが外部から侵入した痕跡をつけ、被害者の靴を母屋に持ち帰る。雪がやむと、その靴を履いて離れへ。足跡をしっかりつけたら、裏手のフェンスを乗り越えて林に飛び降り、自分の足跡を竹箒で掃いて消しながら道路に出る。そして、玄関から家に戻った。

「なんじゃ、それは？」

思わず自分で突っ込んだ。そんなことをしても何の意味もないではないか。妻をかばいたいのなら、ずっと一緒にいたと言い張れば充分だ。そもそも体格ではるかに勝る義弟を安曇が絞め殺せたと思えない。

妻ではなく、夫が実行犯であったとしたらどうか？　やはりナンセンスだ。足跡の遺《のこ》り方に不都合なことがあった、あるいは外部の者の犯行に見せかけたかったのだとしても、下手な工作など無用。雪が解けるまで死体発見の通報をしないようにすればいいだけだ。

夫妻が犯行に関わっているなど、馬鹿らしいことを考えてしまった。そうだとしたら雄二の記憶喪失も演技ということになるが、これまた意味がない。だいたい、あの善良そうな夫婦を犯人扱いすることに無理がある。それに――

「やるにしても、わざわざ雪が美しく舞う金婚式の日を選ぶはずがない」

「さっきから何をぶつぶつ呟いてるんだ？　近くに子供がいたら怖がるぞ」

友人にたしなめられた。

「いてへんやないか。子供は、ほら、あそこや」

私はまっすぐ腕を伸ばして、田所邸の屋上を指差す。夫妻の孫娘が手摺にもたれかかり、周囲の景色を眺めていた。遊び相手もいなくて退屈しているのだろう。祖父の言いつけを守ってフード付きのオーバーを着ている。

母屋の裏手から、如雨露《じょうろ》を手にした弥生が現われた。屋上の娘に気がついて、大きな声で呼びかける。

「くるみちゃーん、身を乗り出したりしないで。危ないからねぇ」

少女は「はぁい」と答えて一歩退き、火村と私の目を避けるように死角に消えた。

「これだけの庭があるご立派なお宅なのに、屋上まであるんですね」

私が言うと、弥生は畏《かしこ》まった口調で応えてくれる。

「まわりに家がないので見晴らしがいいんです。十年ぐらい前までは、父が塾生を招いて屋上でパーティを開いたりしていました。L字形をした庭より大勢が集まれます。音楽をかけながらバーベキューをしたものです」

「楽しそうですね」

「そんな想い出は頭に残っているようですけれど……。こんなことになって心配です」

火村は、くわえ煙草のまま屋上を見上げていた。灰がジャケットの胸にこぼれても気がつかない。やがて――

「あそこに上ってみてもかまいませんか?」

「はあ、かまいませんが」

上から現場の周囲を見たくなったのかもしれない。そんなことで何が得られるのか疑問だが。

弥生に案内されて屋上に出ると、くるみが怪訝そうな顔をこちらに向けた。私たちが上がってきたのが解《げ》せないのだろう。ものも言わずに手摺に寄る火村をしげしげと見ているので、

「邪魔してごめんよ。すぐに終わるから」と私はお断わりを入れた。横に並んだ私に准教授はつまらぬことを訊く。

「どうして急に標準語になるんだ？」

「アメリカ在住のお嬢さんやからな。思わず英語が出そうになったわ。——何か面白いものが見えるか？」

「見てのとおりだ」

彼が立っているのは、田所夫妻が雪を眺めた窓の真上あたりだ。変わったものはない。すぐにその場を離れて、「もういい」と言った。見るべきものがなかったのだろう。立ち去る際に、弥生に声をかける。

「明後日、アメリカへお帰りになるそうですね。明日の夜は、まだこちらにいらっしゃいますか？」

「はい。父があの状態で心残りですが、そう長くはいられませんので」

火村は無言で頷き、私たちは屋上をあとにする。

明日のうちに雄二の容態が劇的に好転し、殺人事件の捜査が大きく前進すれば、彼女は安心して日本を発てるのだが。

「そんなうまい具合にはいかんやろうな」

たったそれだけの独白で、火村は私の胸中を読み取ったらしい。

「諦めるのは早い。何となく想像がついてきた」

これは驚いた。屋上で何かを発見したふうでもなかったのに。

「さっきまで難攻不落の城を攻めあぐねてるみたいやったのに。鉄板みたいにつるつるの壁をどうやってよじ登るんや？」

「かろうじて指が引っ掛かるところがある」

私には見つけられなかった。

6

その翌日、午後六時。

田所邸一階のソファには、天然スキンヘッドの船曳《ふなびき》警部の姿があった。これから始まる興味深いイベントに立ち会うため、捜査本部を飛び出してやってきた。その横に鮫山警部補。その向かいには田所夫妻。私はテーブルに着き、火村はカーテンが閉じられた窓の前に立つ。

「先生」

奥のドアから、高柳《たかやなぎ》刑事が顔を出して、右手でＯＫのサインを作った。事前の打ち合わせどおり準備が完了したようだ。船曳班でただ一人の女性刑事は、最年少の森下《もりした》刑事とともにある任務を担っている。

それが何なのか、田所夫妻だけが知らない。ただ請《こ》われて場所を提供し、参加させられている。もちろん、イベントと言っても余興が始まるわけではない。事件当夜に何があったのか、田所雄二は何を警察に伝えようとしていたのか、火村が推理を披露するのである。

高柳が引っ込むと、犯罪学者は幕を上げた。

「重森弼さんが殺害された事件について、捜査線上に二人の人物が浮かびました。角田允彦と折口大二郎。両人のいずれかが犯人と目《もく》されていますが、ともにアリバイがあり、物的証拠はない。大阪府警の敏腕捜査員も拱手《きょうしゅ》して唸るという状況にあるのですが、田所雄二さんには犯人の目星がついたらしい。どうしてそんなことができたのか、はなはだ不可解なのですが」

「そこですよ」船曳が張りのある声で言う。「敏腕捜査員も敏腕警部も足踏みしたままやというのに、なんでそんなことができたのか。犯人が見事に的中してたら、火村先生とともにわが社のアドバイザーに加わっていただきたいほどです」

どう反応していいのか判らない様子で、雄二は薄く笑っていた。

「私のアドバイザーの地位が脅かされそうですね。——さて、そんな犯罪学者は鮫山警部補からご無体《むたい》な依頼をされました。田所さんの失われた記憶を復元せよ、というリクエストです。脳は、生理学者にとっても神秘の領域です。さすがにそれは困難だと思ったのですが、懸命にない知恵を搾ってみました。すると、私の脳細胞がそれに応えて、ある考えを授かったのです」

夫妻は、話に聞き入っている。唇を固く結んだ表情がそっくりなのは、夫婦生活五十年という年輪によるものか。

「田所さんが得ていたのは、ごくごく限られた情報です。列挙してみましょう。まず犯行の様態、死亡推定時刻、容疑者たちの名前、その動機、そのアリバイ。この中のどれか、あるいはいくつかを手掛かりにして田所さんは重大な事実に気づいたのです」

「その手掛かりとは」雄二は身を乗り出す。「いったい何ですか?」

「現場や遺体の状況から判るものなら、警察が見逃さなかったでしょう。名前で犯人が割れるのなら、世界各国で姓名判断の専門家が犯罪捜査を担当しているはずです。動機だけで犯人を決めつけたら冤罪《えんざい》だらけになる。問題にすべきは、死亡推定時刻と彼らのアリバイです」

夫婦はこっくりと首肯《しゅこう》する。

「それともう一つ。無視しかねることがありました。大阪管区気象台によると、十二月十二日の夕刻から降り始めた雪は、同日午後十一時三分にやんだそうです。この家の近辺で観測した記録ではありませんから、その時刻より遅くにご夫妻が雪を見たとしてもおかしくはありません。しかし、それにしても誤差が大きい。ご夫妻の証言によると、十一時半を過ぎてもまだ降っていたという。何か特殊な事情があるのでは、と一考せずにいられませんでした」

彼の話は、いよいよ核心に近づく。

「それはひとまず措《お》いて、角田と折口のアリバイに着目してみましょう。一様にアリバイがあるわけですが、その内実はまるで違います。犯行があったのは、離れまで被害者の足跡が遺っていたことから推察して、早くても雪がやんだ時刻より後、つまり十二日の午後十一時半より遅くということになります。そして、司法解剖の結果によると、十三日の午前二時より後に犯行がなされたということはない。角田は、十三日午前零時二十分以降、堺市内の自宅近くにあるインターネットカフェにいたという。犯人だとしたら、その時間までに同店にたどり着く時間的余裕がありません。また折口は、十三日午前一時四十五分まで大阪市内の友人宅にいました。そこを出てから一目散に現場を目指したとしても、午前二時までには着かない。対照的ですね。角田が犯人であるためには、警察が考えているより犯行時刻が早くなければならないし、折口が犯人ならば、もっと犯行が遅くなくてはならないのです」

鴛鴦《おしどり》夫婦は顔を見合わせた。

「ユーさん、先生のお話は呑み込めた？」

「もちろん理解できる」

「偉い偉い。私も判りましたよ」

火村は、ふっと笑う。

「続けます。――犯行時刻の幅を前や後ろにずらすことは可能でしょうか？　後ろは駄目ですね。法医学がそれを拒絶します。では、前にずらせないか？　十二日午後十一時半よりも遅くに凶行が演じられたという推断は、被害者の足跡が庭に遺っていたことから導かれたものです。もしも、気象台の記録どおり雪が十一時三分頃にやんだのなら、その前提が崩れます。はたして雪は何時にやんだのでしょうか？」

ここで火村は、何の前触れもなく振り向き、カーテンの隙間から外を覗いた。そして、「降ってきた」と呟く。安曇が小首を傾げた。

「雪ですよ」

さっと開かれるカーテン。とうに日が暮れた暗い庭に、雪が舞っている。

「あら、晴れて夕焼けが出てたのに。あの日みたいな雪が……」

妻は目を丸くし、夫は目を細めて窓を見つめる。そんな二人の反応を窺ってから、雪降る窓を背にした火村は、ある人物のアリバイを粉砕しにかかった。

「ご夫妻は、十一時半を過ぎても寝室から雪を見ています。偽証だと疑ったりはしない。そんなことをする理由がありませんからね。でも、雪でないものを雪だと錯覚したとしたらどうでしょう？　雪は十一時を少し過ぎた頃にやみ、その直後に重森さんが帰ってきた。庭には足跡が遺ります。離れに入ったところで、待ち伏せていた何者かに襲われ、犯人は逃走した。現場を立ち去ったのは、十一時半になるやならずだったのかもしれない。それならば、十三日午前零時二十分までに堺市内のインターネットカフェに転がり込める」

「角田という人が犯人……ですか」安曇の声が上擦《うわず》る。「けど先生、私らが見たのはほんまの雪です。ねぇ」

つい傍らの夫に同意を求めてから、それが無駄なのに気づいたのか口許に手をやる。雄二はというと、なおも食い入るように窓を凝視していた。

パチンと火村の指が鳴る。あらかじめ決めていた合図だ。私はテーブルの上のリモコンを取り、テレビのスイッチを入れた。娘夫婦と孫のメッセージを収めたＤＶＤを再生するために。

「お祖父ちゃん、お祖母ちゃん。金婚式おめでとうございます」

雄二はテレビに向き直り、「ああ」と溜め息に似た声を洩らした。そして——

「結局あの日、君は何回これを観たんやったかなぁ」

「三回だけですよ」

答えてから、安曇はのけぞって驚く。

「ユーさん。もしかして、何か思い出したん？」

雄二は、妻の目を覗き込むようにして「うん」と言う。

「若鶏をベーコンで巻いて煮てくれたな。おいしかった。それから……『雪は降る』は詩的な表現や」

安曇の目がみるみる潤《うる》んだ。夫の手を取って、温めるようにさする。

「あのＤＶＤ、これまでにも何べんか観せたのに。その時は何も思い出せへんかったのに」

「不思議なもんや。あれのせいかな。色々と思い出してきたわ。あれな」窓を顎で指して
「雪と違うんや」

「何を言うてるの。どう見ても雪やないですか。私らが結婚した日とそっくりの」

「うん。記念の日やから降らした」

二人の会話を遮らず、火村は船曳警部に語りかける。

「実験がこんなにうまくいくとは思いませんでした。望外の結果に祝杯を上げたいぐらいです。私の仮説は立証されたと思ってかまいませんね？」

「もちろんですよ。大成功やないですか。しかし、田所さんの記憶がこんなに簡単に甦るとは。先生は医者になっても名医やったでしょうね」

安曇は夫の手を握ったまま、火村に尋ねる。

「どういうことなんか説明してください。記念の日やから雪を降らせたって、あれは紙吹雪《かみふぶき》には見えません。まさか、どこかの人工スキー場から大きな機械を借りてきたんやないですよね？」

「そんなに大きな機械ではありません。縦と高さが三十センチ弱、横は五十センチ弱。両手で抱えて持ち歩けます。そこそこ重量がありますが」

「そんなものを、どこで？」

「〈クリスマスこどもフェスタ〉のサンタクロース登場シーンで使われるものを個人でレンタルなさったんじゃないかと思うんですが……もうご本人に訊けますよ」

雄二は、照れたように笑いながら言う。

「『パーティで使いたいんやけれど』と業者さんに相談したら借りられた。そんなに高額でもないんやで。『また無駄遣いして』と言われたらあかんから、種明かしせんと黙ってたんや。あくる朝は早《はよ》うに起きて、機械はさっさと車のトランクに片づけた。すぐに返却する約束やったしな」

「ちなみに、なんぼしたんですか？」

「一日借りて二万五千円。五十年にいっぺんの贅沢としては、ささやかなもんやろ？」

安曇も笑う。

「安いもんやないですか。せやけど、そんなん借りんでも本物の雪が降りましたね」

「何日も前からそんなん予想できるかいな。ほんまもんが降ってきたから、うれしいような残念なようなやった。ところが、君が風呂に入っている間にこれがやんだ。十一時過ぎやったかな。せっかく借りて、屋上にこっそりセッティングしてあったスノーマシンの出番がきたぞ、と喜んだわ」

安曇が戻った時、雄二はカーテンを開けて雪を眺めていた。これは俺の降らしてる雪やぞ、と思いながら妻に見せていたのだろう。

船曳が雄二に尋ねる。

「あなたは、重森さんが帰宅するところを見てはいないんですね？」

「はい。それは見てません。雪がやんだ直後、私がスノーマシンを起動させるため屋上に向かってる間に、その窓の外を通り過ぎたのかもしれません。いや、私が屋上から戻っている間かな。作業中かな」

もしかしたら重森は屋上で物音がしているのを聞いて訝《いぶか》りながら歩いていったのかもしれないし、スノーマシンが降らす雪に驚きながら通り過ぎたのかもしれない。が、どうであっても結果は変わらない。被害者は十一時をいくらか過ぎた時間に離れに帰り、待ち伏せていた角田允彦の手に掛かったのである。

「そんな大事なこと、なんで警察に黙ってたんです？　すぐに話すべきやないですか。何日も迷うてから『やっぱり言おう』やなんておかしい」

安曇に責められて、雄二は少し顔を曇らせた。警部らを眼前にして、心の準備がないまま口にしにくいようだ。私が代わって答えてみよう。

「田所さんは、見ず知らずの犯人をかばおうとしました。自分が告発するのではなく、自首してくれることに期待したんでしょう。そこまで同情した理由は、単に彼が若かったから。違いますか？」

はずれていないかと危惧したが、「そうです」と言ってくれた。

「若かったからって、それだけ？」

妻は、にわかに納得できないらしい。

「どんな理由があっても人殺しは赦されることやないわ。犯した罪は償うしかない。せやけど、できるなら自首していくらか罪を軽うしてもらいたかった。狡猾《こうかつ》な大人の食い物にされて、色んなもんをなくして、おまけにそのことを非難されて、挙句に殺人犯になってしもうた若者を、棍棒で叩くようなことをしとなかったんや。今日は出頭してくれるか、明日は出頭してくれるか、と思いながら何日かたった。これ以上は見逃せん、という気持ちになったところで、とうとう警察に行こうと決心したわけや」

「優しさを少し間違えてませんか？」

「そうかもしれん。けど、あの子らに誰も優しなかったやないか。せやから、僕がちょっとぐらいは、と……」

彼は言葉を切ってから、こう続けた。

「亡くなった重森君に不実なことをした。心の中で詫びてたよ」

妻は夫の背中に手をやり、もう責めることはなかった。やがて窓を見て、しみじみと言う。

「それにしても本物そっくりやわぁ。雪にしか見えませんね。こんなもんを降らしたら、重森さんの足跡が消えてしまいそうなもんやけど」

　火村は親指を立てて、窓を指した。

「どんなものなのか、外に出てご覧になりますか？　めったに見られませんよ」

「ぜひ」と立つ彼女。一同揃って、庭に出る。

　頭上には明るい星空が広がり、十メートルほどの範囲にだけ〈雪〉が降っている。それを全身に浴び、掌で受けながら、安曇は顔をほころばせた。

「何ですか、これは？　たちまち解けてしまいますよ。……ああ、あそこから」

　それは、屋上の手摺に設置された箱状のものから勢いよく噴き出していた。高柳、森下の両刑事が操作しているのだ。といっても、延長コードをコンセントに差し込んだら、あとはスイッチを押すだけだ。火村が解説する。

「スノーマシンは、本来、舞台の天井近くに渡されたバトンという棒に引っ掛けるものです。あの屋上にはバトンがないので、手摺にくくりつけたロープにぶら提げてあります。〈雪〉の材料は特殊な溶剤。機械に内蔵されたファンで散らして、雪らしく演出します。ここで耳を澄ますとファンの音が聞こえますが、屋内だと判らない程度のものです。業者によると三十分までが目安だそうですが、溶剤のボトルを交換することなく二時間の連続使用が可能です」

ダイニングのテーブルだけではなく、寝室からも夫妻は〈雪〉を見ている。雄二は、その二つの窓に〈雪〉が降る位置を選んだのだ。

二人の刑事のそばに、弥生とくるみが立っている。火村はひらひらと手を振り、機械音に負けない声で少女を招いた。

「大事なお話は終わったから、もう降りてきてもいいよ！」

母娘の姿が見えなくなる。すぐにここに現われるだろう。火村は、今度は安曇の方を向く。

「結婚した日とそっくりの淡い雪。そうおっしゃっていましたね。まさにそうです。この〈雪〉は泡なんです。だからたちまち解けてしまう。いくらか地面を湿らせはしますが、本物の雪の上にくっきり遺った足跡を消すことはありません」

「泡の雪。淡い雪。淡雪。ああ……」妻は両手を合わす。「ユーさん、洒落たことするやないですか」

しかし夫は肩をすくめた。

「そんな駄洒落《だじゃれ》みたいなことは考えてなかった」

玄関からくるみが飛んで出てきた。母親も追いすがる。その二人に駈け寄った安曇は、雄二の記憶が戻ったことを報告した。母娘が金切り声の歓声を上げる。

「よかったね、お祖父ちゃん！」

「こんなうれしいことはないわ！」

抱き合って喜ぶ四人に、〈雪〉は降る。

それを尻目に船曳警部と火村が、小声でぼそぼそと。

「ありがとうございました、先生。あとはわれわれで。ターゲットが一つになって、大助かりです」

「新たな容疑者が出てきて、混乱することもありますよ」

「意地悪なこと言わんといてください。もしそうなったら、先生や有栖川さんにも最後まで付き合《お》うてもらいますよ」

私の名前を省かないのが、警部の思いやりである。

准教授は〈雪〉を避けるように、庭の隅に移動した。やれやれ、達成感を噛み締めながらキャメルを吸うらしい。

「また耳の孔から煙が――」

からかおうとしたが、彼は煙草を指に挟んだまま佇んでいる。

そして、白く舞うものを見ながら小さく口笛を吹いた。曲は『金婚式』。

天空の眼

1

著述業が仕事なので、書籍や雑誌をしこたま買い込んでも経費で落とせる。サラリーマンをやめた直後はそれがうれしくて、衝動買いをしまくったのだが、経費で落とせるというのは、買った金額がそのままあとで返ってくるわけではない。当たり前だ。

それどころか、某先輩作家に恐ろしい事実を教わった。

「有栖川君。面白い話をしてあげようか。本の印税はだいたい定価の一割だ。君の千円の著書が売れたら百円が収入になる計算だね。もちろん、一冊売れるごとにお金が入るわけではなく、刷った時点で出版社からその分の印税がもらえるわけだけれど」

先払いをしてもらっているように聞こえるかもしれないが、執筆中は無報酬なのだから後払いとも言える。売れ残ったとしても、「その分の印税を返せ」とは言われない。売れなければ仕事の依頼がこなくなるだけだ。

「さて、君が誰かの本を買って、定価が千円だとしたら、どういうことになる？　その本代を稼ぐために、君は自分の本を十冊売らなくてはならない。面白いと思わないか？」

面白いどころか、恐ろしくて背筋に悪寒が走った。他の作家の本を一冊買うために、自分の本を十冊売らなくてはならないなんて、そんな理不尽なことがあるだろうか。

「そういう世界に飛び込んだんだよ。ま、がんばってね」

その話を聞かされて以来、本を買うのは極力控えるようにした……かというと、そんなこともなく、「俺、なんで他人の本が買えてるんやろう？」と不思議がりながら、性懲《しょうこ》りもなく三日に一度以上のペースで書店に通っている。読みたい本が山ほどあるのだから仕方がない。業《ごう》というものだ。

ある日曜日の遅い午後、あべの筋に面した書店をうろうろしていたら、背中から「有栖川さん」と声をかけられた。

振り向くと、わがマンションの隣人が立っている。エレベーターではよく一緒になるが、街でばったり出会ったのは初めてだった。

「資料探しですか？」

「いえ、特に目当てのものがあるわけやありません。趣味の本屋巡りです」

隣人、真野早織《まのさおり》は私立女子高の英語教師だ。芳紀《ほうき》まさに二十八歳。ふわりとした黒髪を胸

許まで垂らしている。「英語教育」の文字が入った単行本と、海外小説の文庫本を手にして
いて、半袖のブラウスから覗く二の腕がまぶしい。
「面白そうな本がありますか？」
訊かれて、首を振った。二日前に色々と買ったところなので、新刊の平台にこれといった
ものは見当たらない。
「あ、ご旅行に行かれるんですか？」
隣人は、私が手にしていたガイドムックに目を留めて言った。『ぶらりみちのくの旅』。何
気なく手に取ったものだ。
「仕事が一段落したので、遠くに行ってみたいと思って見てたんです。どうせなら小説の舞
台に使えそうなところがいいので、どこにしようかな、と」
五月の半ば。旅をするには最高の季節である。
「いいとこ、ありました？」
「買って帰って、ゆっくり見ようと思います。この本はコラムが面白そうです」
私たちは、同じレジで会計をすませた。そこで「では」と別れるものと思ったら、彼女か
ら「もしお時間があるのなら」とお茶に誘われる。お時間ごとき、いくらでもあった。
書店を出て、すぐ近くの喫茶店に入る。私がよく利用する店だが、彼女もご同様らしく、
慣れた様子で「二階にしましょう」と言った。窓際の角に、とても落ち着く席がある。日曜

日でお客が多かったが、幸いそこにいた客が立ったばかりだった。好きなテーブルに着けて満足だ。窓の向こうの通りでは、阿倍野《あべの》のシンボルとも言うべき路面電車が行き来している。

「お仕事が一段落してよかったですね」「ええ、まあ。お忙しいですか?」「中間テストの直前です」といった話が五分ほどあって、運ばれてきたコーヒーとミルクティーに口をつける。

いったい何の用があって私をお茶に誘ったのか? このようなことは初めてだ。隣人は研修などでたまに家を空けることがあり、それが数日に及ぶ時は、飼っているカナリアを私が預かることがある。その受け渡しの際、コーヒーとお菓子をご馳走したりされたりしたことはあるのだが。

「唐突ですけれど、有栖川さんは幽霊を信じますか?」

唐突だったが、〈そら、きた〉と思った。どんな話か見当がつかないが、ここからが用件なのだろう。

「推理作家としては、『狐狸妖怪の類《たぐい》は信じていません』と答えるべきところですね。いや、そんな立場を離れて、信じていません」

それなのに、幽霊がどうしたこうしたと実話めかして書かれた本を読むと、夜中に思い出して気味が悪くなるのが人間の面白いところだ。

「心霊写真というのがありますが、ああいうものも?」

「はい」と即答する。「真野さんは信じているんですか?」

オカルト信奉者ではないだろうが、ある程度は信じているのかもしれない。だとしたら、頭ごなしに存在を否定されると気分を害することもあるだろう。そのへんは、いささか気を遣う。

「いいえ、本気にしない質《たち》です」

だったらどうしたのか？　彼女は、本題に入る。

「実は昨日、同窓会があって――」

彼女が教師として出席する会だ。三年前の卒業生の集まりだったというから、「変わったねぇ」「ねえ、私、誰か判る？」というようなものではない。二十歳ぐらいの女の子にしても「久しぶり」というところだろう。三十四歳の私なら、「ちょっとご無沙汰」と言うぐらいのものだ。

「そこで、城北《じょうほく》大学に通っているある教え子からこっそり悩みの相談を受けたんです。『心霊写真を撮ってしまったから、よくないことが起きそうで心配なんです』と」

それが悩みか。長閑《のどか》に聞こえるが、当人は真剣なのだろう。

「『気にするようなことやないよ』と言ったんですけど、その写真を撮った後、何もないところで転んで膝を打ったり、父親が車で自損事故を起こしたり、お兄さんが盲腸で入院したり、よくないことが続いたので、とても気に病んでいるんです」

「偶然でしょう。考え方次第ですよ。お父さんの自損事故やお兄さんが盲腸で入院したのは災難ですけど、それぐらいで済んだんやったら運がよかったとも言えます」

「と私も言ったんですけれどね。失恋もしたそうです」

失恋にも色々あるから、心に深手を負ったのかもしれない。しかし、それと心霊写真とは無関係だろう。

「くよくよする性格かな。それやったら仕方がないですね」

損な性分である。しかし、ものすごく奇怪な写真なのかもしれない。興味が湧いて、訊いてみると——

「旅先で撮ったスナップ写真に、変な顔が写り込んでいたそうです」

「ご覧になりましたか？」

「いいえ。曇った空に、恨めしげな顔が浮かんでいて、じっと彼女を見下ろしていた、ということですけれど」

「明らかに人間の顔なんですか？」

「そうではなく、雲の形が人間の顔になっているんやそうです。特に目許がリアルで、悪意を感じる目つきやったと」

〈やった〉は過去形だ。問題の写真はどうしたのだろう？

「たまたま雲の形が顔に見えただけなんでしょうけれどね。『無理やりそう思い込んでるだけやないの？　私に見せてみなさいよ』と言ったら、『怖いから、デジカメのデータを消しました』なので、どんなものか私は見ていません」

ふむ、それで？

「つまらないことのようですけれど、彼女は気に病んでいます。そこでご相談です。こういう場合、理知の文学をお書きの有栖川さんなら、彼女にどう言ってあげますか？」

理知の文学と言われるほどのものは書いていないが、相談とあらば何か答えないわけにいかない。

心霊写真という言葉が出るなり、かつて友人の火村英生が言ったことを思い出していた。無神論者の犯罪社会学者と、どうしてそんな話になったのかは忘れた。居酒屋で雑談をしていて、弾みで話題が飛んだのだろう。

こんなやりとりだった。

――怪談の短編を書かなあかんのや。読者を本当に怖がらせるような怪談を書くのは難しい。パターンが決まってるからな。それを崩して薄気味が悪い話やったら、まだ書きやすいんやけれど。小説で怖がらすのは至難の業や。下手な物語抜きで心霊写真の一枚も見せる方が早い。

――怪談なんて、怖がるためだけに読むもんじゃないだろ。「ああ、いかにも怪談だな。それらしいな」と思わせれば成功だ。

梅チューハイのジョッキを傾けながら、火村は簡単に言った。

——そういう考え方もあるけれど、本気で怖がりたい読者も多いんや。「それらしい」だけで許されるもんでもない。

——なら、修業あるのみだな。素人がハプニングで撮ってしまう心霊写真に負けないようにがんばれ。

完全に他人事《ひとごと》だ。

——せやな。しかし、心霊写真っていうもんは、なんで怖いんやろうな。どうせトリックやろうとか、露光がおかしかっただけやろうとか思いつつ、ぞっとすることがある。

——ブツだから怖いんだ。

ブツとは、彼がフィールドワークを行なう犯罪捜査の現場でよく聞かれる言葉だ。つまり、証拠物件。

——ああいう写真には、「これは子供が溺れ死んだ池で撮られたものです」だの「自殺のあった場所で撮影しました」だの注釈がつくこともあるけれど、そういうのをまったく抜きで示されることも多いよな。物語なしでブツだけを聞き手に突きつける。小説家からすれば、すごく暴力的な行為だと思わないか？

——暴力的。そうかもな。

——創作の対極にある行為だ。その暴力性が恐ろしいのさ。

判ったような判らないような見方だ。さっぱり判らないわけではない。実に当たり前の話にも聞こえる。

――お前、いつか言うたな。『アウシュヴィッツの絶滅収容所では何十万人ものユダヤ人が虐殺されたのに、あそこで撮られた心霊写真はない。不謹慎だから、誰もそんなものが撮れたと騒がないんだろう』と。まあ、それはええ。せやけど、世の中に出回ってるいわゆる心霊写真の中には、えらい奇妙なものもあるぞ。

――説明がうまくつかないだけで、幽霊だの亡霊だのが写ったと判定するのは飛躍が過ぎる。テストで自分が解けない問題にぶつかって、『これは誤植じゃないですか？』と抗議するのに似た安直な態度だ。

大学の先生らしい喩《たと》えだ。そんな学生がたまにいるのかもしれない。しかし、あまり適切な比喩《ひゆ》でもない。オカルト信奉者からすれば、「これは錯覚だ」と否定することこそ、「これは誤植だ」で片づける安直な態度とみなすだろう。

――全面否定なんやな？

――そこまで頑《かたく》なではないけれど、幽霊の実在を信じる日は、はるかに遠いな。

――実際に見たら気が変わるかもしれへんぞ。

するとと彼は、枝豆だか何だかを食べながら、退屈そうな目をして言った。

――今ここで、お前が俺を撮って、後ろの壁に無気味な女の顔が写ったとしても、びくともしないね。ハレーションや多重露光といった光学的なアクシデントを疑うだけだ。しかし、ものによっては驚愕しないでもない。

――ほお。どんなものが写ったら火村先生は顫え上がるんや？

――確かに実在している俺が写っていなかったら、恐怖する。

なるほど、それは恐ろしい。

――そういう写真って、あるのか？　寡聞にして知らないな。たいてい「絶対いなかったはずの人間が写っている」だ。インチキや錯覚の余地がたっぷりある。一方、「絶対いたはずの人間が写っていない」という例はとんと聞かない。肉眼で視えない幽霊が、どうして写真には写るんだ。そんなに出たがりだったら、堂々と姿を現わせばいいのに。

頭が写っていない、手が欠けているといったものなら見た覚えがあるが、全身が完全に写っていないという心霊写真は知らない。あったとしても、それでは「誰もいないところを撮っただけでしょ」と言われてしまうわけだが。

――さりげなく写るところが怖い、と幽霊は知ってるのかも。

と自分が言うなり、私は噴き出したのだった。

「心霊写真を怖がる気持ちは判ります。しかし、もしも幽霊というものが実在するのであれば――」

真野早織に向かって、私は火村英生の受け売りをした。すると、隣人の表情がみるみる明るくなる。大いに納得してくれたのだ。

「ああ、筋が通っています。快刀乱麻を断つ、ですね。私は胸がすっとしました。肝心の広《ひろ》沢《さわ》さんに通じるかどうかは判りませんけれど」

受け売りでここまで喜ばれると、微笑もうとしても顔が歪《ゆが》む。火村に感謝なんてするまい、などと思う始末だ。

「広沢さん、というんですか？　彼女にも、すっとしてもらえたらいいですね」

「今晩、さっそく電話して伝えてみます。『これは心霊写真だ』と決めつけて、あの子を怖がらせた男子学生がいるらしいんです。けしからん、と思います」

けしからん、と言いながら軽く拳でテーブルを叩く。おどけた仕草を大真面目な顔でする。この人はそういうところが可愛い。

「お引き留めして、つまらない話をしてしまいました。でも、有栖川さんのお話が聞けてよかった。ありがとうございます」

「それで気が晴れたらええんですけれどね」

まだ買い物があるので、と近鉄百貨店に向かう彼女と別れ、歩いて家路についた。

2

兵庫県警本部の樺《かば》田《た》警部らは山の麓で車を降りた。現場付近に何台もの車を停めるスペースがないと聞いていたからだ。

雑草が生い茂る道を上って事件現場にたどり着く。その地点の標高は五十メートルほどだろうか。山や田園の緑が萌えている。送電用の鉄塔が点在していたり、新しい大型量販店がどんと建っていたりして、目が洗われるほど美しい風景というものではないが、見晴らしがいい。

「弁当を広げたくなる。なあ、遠藤《えんどう》」

巡査部長の野上《のがみ》がぼそりと言った。無駄口が嫌いな職人肌の男にしては珍しいことだ。天気は快晴。そよそよと気持ちのいい風が吹いている。

「サンドイッチでもぱくつきますか？　今日は呑気なことを言いますね」

遠藤が苦笑している。野上と違って、見た目は〈よきパパ〉そのもので、まるで幼稚園児が父の日に描く絵のモデルだ。

もちろん樺田も彼らもピクニックにきたわけではなく、これから頭が砕けた無惨な死体と対面する。因果な仕事である。

殺人事件と決まったわけではない。事故あるいは自殺の可能性もあるらしいが、不審な点が多いということで、県警から手すきの樺田班が姫路《ひめじ》市の郊外まで出向くことになった。殺しでなければいいのに、と思うのは人情だ。

現場となった家は、南向きの斜面に建っていた。鬱蒼《うっそう》とした木立に埋もれるように。

黒っぽい化粧タイルを張ったコンクリート造りの二階建てで、三年前から人が住んでいない。所轄署から受けた連絡によると、かつては市内でゲームセンターやカラオケボックスなどを手広く経営していた会社社長が別宅として使っていたという。現在の所有者はその長男だが、掃除などのメンテナンスをするぐらいで空き家となっている。

　オーナー社長の別宅といっても、さして豪勢なものではない。一見したところありふれた建て売り住宅で、斜面を削ったところにあるので駐車スペースも狭い。警察車両と救急車、そして赤い軽自動車が駐まるともういっぱいだ。庭やエクステリアに凝っているのでもない。

「廃墟というほど荒れていたら、つまらん冒険心を起こした若者が寄ってくるのも判りますが――」

　野上が言わんとすることは察しがつく。

「ああ、そんな感じでもない。面白くもない空き家で、金目のものがありそうにも見えない。何の目的があって、こんなところに近づいたんだろうな」

　今朝、若い男が死体となって発見された。所持していた運転免許証と学生証から、身元はすでに割れている。大阪市内にある城北大学商学部三年、富士野《ふじの》研介《けんすけ》、二十二歳。学年と年齢からすると、浪人か留年を経験しているようだ。

　姫路署の横井《よこい》がやってきた。階級は警部補だ。面識があったので、「久しぶりだな」と挨拶をする。以前は押し込み強盗事件で一緒になり、犯人を早期に逮捕した。

「今回も、すぱっと解決したいものです」

小柄な野上よりさらに短軀の横井は、上背のある警部を見上げるようにして言った。

「ホトケさんが見つかったところは?」

樺田が問うと、「こちらです」と家の東側へ導く。そちらは高さ六メートルほどの崖になっていて、木々の梢の隙間から下を覗くと、鑑識課員らが動き回っているのが見えた。

「転落死です。仰向《あおむ》けに落ちたようで、後頭部を打っています。そばに人がいて、すぐに救急車を呼んでいたとしても助からなかっただろう、という見立てです」

崖といっても切り立った断崖ではないし、敷地の端には格子状のフェンスが張られている。自分から乗り越えたのでもなければ、過《あやま》って落ちることはあるまい。何者かに突き落とされた形跡もなさそうだったが——

「ここからではありません。屋上から転落したんです」

横井が指差す方を見上げると、いささか〈不審な点〉があった。クリーム色の手摺の一部がなくなっている。北東の角近くだ。

そこから地面までだと優に十メートルを超す。そんな高さから、しかも後頭部を下にして落ちたのなら、ひとたまりもない。

「フェンスが破損していたのか。しかし、妙な壊れ方だ」

「おっしゃるとおり。築十六年、無住になって三年しか経っていません。手摺が壊れるのは不自然です。上がってご覧になってください。何者かが意図的に壊したように思われます」

「金属製の手摺を？　あれは木の柵には見えない」

「細いながら金属製です。金鋸か何かで切断されていますね」

野上は、じっと屋上を仰いだまま呟く。

「ホトケは、あの手摺に背中からもたれたということですか。それで手摺が倒れて、仰向けの姿勢のまま崖の下へ」

警部補が頷く。

「そのようですね。死体のすぐ横に、壊れた手摺が転がっていました」

手摺が切断されていた理由が判らない。何故、富士野研介がここの屋上に上がったのかも、何故、手摺にもたれたのかも。

「事故死のようでいて、状況が釈然としません。何があったのか……」

「死んでどれぐらい？」

「所見では三日半ほど」

五月十六日の夜あたりか。

先に屋上に上がってみることにした。

がらんとした家の中に入ると、ふだんの換気がなされていないので湿気《しけ》た空気が鼻を突く。

しかし、定期的に清掃しているだけあって、誰かが引っ越してくる直前の家にも見えた。家具や調度品を搬入すれば、すぐに生活ができるだろう。

玄関を入ってすぐに二十畳ほどのリビング。その奥がダイニング・キッチン。東北の角にトイレと浴室。浴室の手前の階段を上ると、洋間が三つ。寝室、書斎、趣味の部屋だったという。

「趣味の部屋とは？」

「旅先で買った民芸品などを飾っていた部屋で、『納戸みたいなものだった』と家人は言っています」

家人とは、現在の所有者である鍋島《なべしま》敦己《あつみ》の妻、晃子《あきこ》だ。月に一度の掃除にやってきて死体の発見者になった。事情聴取を済ませた後、いったん自宅に戻っている。

「崖の下の死体が、よく目に留まったな」

「家の前に見慣れぬ軽自動車が駐まっていたので中には入らず、警戒しながら家のまわりを見て回って発見したそうです」

軽自動車は、富士野研介が乗ってきたものらしい。

「家具類は処分したのか。つまり、もうここに住むつもりはないんだな」

「前社長は、独りの時間を楽しむためにここを利用していましたが、相続した長男は売り払いたがっています。ただ――」

「買い手がつかないわけだ」

「立地が不便で、これといった特徴もない家ですから」

おまけに不景気とくれば、売れないのも無理はない。

さらに階段を上った右手に、こちらは本物の納戸らしき収納スペースがあった。現在は空っぽになっている。左手のドアを開くと屋上だ。一段と見晴らしがよかったが、北側だけは山がのしかかってきていて、圧迫感があった。

塔屋のドアは西向きだった。その裏に回ってみると、壊れた手摺より先に気になるものが目に飛び込んできた。

「あれは？」

樺田は、指差して訊く。

青銅製らしき円柱状の物体があった。高さは一メートル五十センチぐらい。底面は一辺が五十センチほどの正方形。中ほどが飴のようにぐにゃりと捩《ねじ》れ、てっぺんは平らになっている。用途は不明だ。

先ほど、真下から見上げた時、この一部が覗いていたので、何だろうとは思っていた。

「彫刻……か。しかし、芸術作品を雨ざらしにしていいものかな」

近づきながら言うと、横井は「魔除《まよ》けです」と答える。

「これが？　なるほど、だから鬼門にあたる方角に置いてあるわけか。それにしても、またモダンな魔除けだ」

「ブロンズに見せかけてありますが、成分は鉄が大部分のようですね。表面に錆止めのコーティングが施されています。戸外に置くものなので、魔除けになると言われて前社長が大枚を叩《はた》いて購入したものです。インチキ商法にひっかかったのかもしれませんが、本人は気に入っていたようで」

魔除けが屋上に鎮座したままなのは、空き家を守護してもらうためではなく、処分するのが面倒だからにすぎない。ここに運び上げるのに、ひと苦労あったはずだ。

中腰になって表面を見てみると、古代文字風の模様が刻まれていて、呪術的な雰囲気を醸《かも》していた。魔除けになると言われたら、ありがたく思う者もいそうである。

樺田は、手袋を嵌めた手で触れてみる。力を入れて押してみたが、びくともしなかった。こんなに重量があるものを、わざわざ屋上に置かなくてもよさそうなものだ。そう思ったが、魔除けに理屈は通用しない。

再び押してみるが、やはり動かなかった。重たくて形も安定しているから、強風や少々の地震がきても微動だにしないだろう。手摺が壊れても何かの弾みで下に転げ落ちることはなさそうだ。だから安心してこんなところに設置できたとも言える。

屋上の床には、正方形のコンクリートタイルが貼られていた。三十センチ四方のものだから距離を測定しやすい。魔除けのオブジェが立っているのは、建物の北の端からも東の端からも六十センチ——つまりタイル二枚分——のところだった。塔屋とは一メートル二十センチ離れている。そんな位置関係を、遠藤が手帳に書き留めていた。

樺田は片膝を突いて、手摺を見分した。切られているのは四箇所。金鋸などを使って、いずれも斜めに切断されている。

「こんなふうになっていることを、所有者は知っていたのかな？」

「いいえ。誰も住んでおらず、屋上に上がる者もいないとはいえ、危険ですからね。鍋島晃子は『知っていたら放置していません』と言っています」

「すると、いつからこうなっていたかは判らないわけだ」

「はい。三年前に元社長が亡くなり、ここが空き家になった時点では異状はなかったということです」

さらによく観察すると、下の二箇所の切断面がきれいなのに対して、上部――まさに手を掛ける部分――の二箇所は様子が違う。

「こっちは完全に切らなかったんだな。首の皮一枚ほど残しておいたようだ」

横井もそれに気づいていた。

「はい。だから手摺は、手摺の形を保っていたんでしょう」

「そして、だから富士野研介はもたれかかった」

下を覗いてみると、すぐ崖だ。家は敷地の東端ぎりぎりのところに建っている。

野上が横井に尋ねる。

「富士野という男は、この家と何か関係があるんですか？」

「いいえ。鍋島晃子によると、まるで知らない人物だそうです。富士野の家族には、連絡がついています。大阪の大学に行くため下宿していたそうで、実家は下関です。姫路とは縁がなく、電話に出た母親も『わけが判りません』と混乱していました」

野上の口許に、うっすら笑みが浮かんだ。そして、遠藤に向かって「面白いな」と囁く。腕まくりしたいところなのだろう。

「ええ、状況が不可解で面白いですね。火村先生だったら、この現場を見てどんな感想を持つか――」

「あの学者先生か。これだけでは何も判らん。しかめっ面でそこらをうろうろするだけや」

犯罪捜査の現場を研究のフィールドとする火村英生准教授には、これまで幾度となく協力を仰いできた。常に有益な助言を受け、難事件の早期解決の手助けをしてもらっていたが、野上はそれを苦々しく思っている。素人の手を借りるのが業腹《ごうはら》なのだ。

それを知りつつ、樺田は火村を現場に招く。理由は三つ。第一に、捜査に役に立つものは何でも利用すればいいという合理精神。第二に、火村の名探偵的な推理への関心。第三に、火村とその助手役を務める作家、有栖川有栖への親愛の念。

加えてもう一つ。野上は、実は火村を嫌ってはいないと踏んでいる。それどころか、あの学者先生と顔を合わすことがなくなったら、自分よりも淋しがるであろう。

今回はどうしたものか。京都に住まい、京都の大学で教鞭をふるう火村を呼ぶには、この現場は遠い。

「火村先生になりきって、私が推理してみましょうか」遠藤が言う。「富士野は現代彫刻に興味があったんです。ここへ忍び込んだ目的はずばり、魔除けのオブジェを盗むため。空き巣に入ったのだとしたら、盗《と》るものはあれしかありません」

野上は冷笑して、オブジェを押しながら言う。

「見ろ、動かん。こんなものをどうやって運び出すつもりや？　クレーンでも持ってこんと埒《らち》が明かんぞ。――ホトケさん、何か妙な道具を持ってましたか？」

主任は「いいえ」と答える。

「ガラス切りもバールも持っていません。車の中にリュックが残っていましたので、あとで中身を改めてみてください。携帯用の音楽プレーヤーだの手帳だの、そんなのだけです――そうそう、ポケットに小さな鍵が入っていました」

「この家の？」

「違います。彼の車のキーでもありません」

「謎か。ちょっと面白いな」

樺田が言うと、巡査部長は微かに苦笑した。

屋上で見るべきものは見た。死体を見に、崖の下へ向かうことにする。

3

色々と思案した末、目的地を定めない気ままな旅をすることにした。行きは伊丹《いたみ》発青森、帰りは秋田発伊丹という航空券を取っただけで、宿も予約しない。はたしてどういう旅になるかお楽しみ、という趣向だ。久々の遠征なので、うきうきする。梅雨《つゆ》に入ってしまったが、天気予報では好天が続くようだ。

出発を三日後に控えた五月二十九日の昼下がり。散歩に出ようとしたら、廊下で真野早織と出会った。向こうも外出しようとしていたようだ。私を見ると、はっとした顔になる。

「お出掛けですか？」と訊かれた。

「ええ。そのへんをぶらついて、喫茶店にでも寄ろうと。優雅な午後ですよ」

隣人の両目が一秒ほど上を向いて、すぐに戻った。大急ぎで何かを考えたらしい。

「先日、心霊写真を気にしている元教え子の話をしましたね。これからその子と会うんですが……もし、よろしければ、有栖川さんもご同席いただけないでしょうか。私の拙《つたな》い説明では頼りなかったみたいなんです。それに、新たによくないことが起きたそうで」

「また転んだんですか？」

「殺人事件が関係していると言うんです」

「へえ」

すぐ近くの喫茶店で、これからその子と会うという。殺人事件とは穏やかではない。さもしいようだが、小説のネタになるかもしれない、と淡い期待が頭をよぎった。

「かまいませんよ。広沢さん、でしたっけ。その人が気にしないのなら、同席させていただきます」

承諾すると感謝された。役に立たなくてはなるまい。

マンションから歩いて三分。四天王寺前夕陽ケ丘《してんのうじまえゆうひがおか》駅に近い〈地下鉄〉という店で、広沢星子《ほしこ》と対面した。鎖骨あたりまで届くロングヘア。ボーダー柄のTシャツの上に薄いジャケットをはおり、いかにも女子大生然とした感じの彼女は、「こちらは作家の有栖川さん」と紹介されて、「ああ」とすぐ納得した。

「先生のお隣に住んでいる作家さんですね。『わざわざ写真に写る幽霊はおかしい』と力説してくれた」

私は〈力説〉したことになっているのか。たしかに熱っぽく語った。

「私、真野先生から有栖川さんのお話を伺って納得しました。なるほど、心霊写真なんてないんだなって。説得力、ありました。ところが、また心の平安が危うくなってきたんです。不安が夏空の入道雲みたいにむくむくと湧いてきて……。ああ、作家さんと話すのは初めてやから、つい表現が文学的になってしまう！」

落ち着けよ、と思った。面白い娘《こ》だ。

「広沢さん、焦らずにゆっくりしゃべって。支倉《はせくら》君という友だちのことから」

「はい」と答え、広沢星子はポシェットから携帯電話を取り出した。どうして電話なんか出すのかと思ったら、画面をこちらに向ける。

「これが支倉君です」

プロフィールの紹介よりも、顔写真を見せることを優先したのだ。コンパの席だろうか。派手な化粧の女の子と、目の細い茶髪の男の子がビールのジョッキを掲げている。目だけでなく、腕もひょろりと細い。

「右の子は関係ありません。左の子が支倉メイトク君。メイトクは、明るいという字に徳島の徳です」

ゼミが一緒で、会ったら気安く雑談をする間柄だった。それ以上のものではない、と強調する。

「同じゼミの子何人かで、食事やお茶に行くこともあります。男の子と女の子も交じって。その日は、たまたま私と支倉君だけが暇だったので、二人でお茶に行ったんですね。そこで私が、東北を一人旅したときの写真を話のタネに見せたら、しげしげと見つめてから、『広沢さん、これ、やばいで』って真剣に言うんです」

文学的なトーンは後退して、ガチャガチャとした説明になった。

「いつのことですか？」

「去年の九月です」

そんなに前のことだったのか。つい最近のことかと思っていた。

「旅行をしたのが夏休みの終わり。支倉君に写真を見せたのは、学校が始まって一週間目ぐらいでした」

「支倉君は、オカルト好きなんですか？」

女子大生は、家鴨《あひる》のように唇を尖らせて首を振る。

「いいえ。それまではオカルトがかった話をしたことがありません。『え、何がやばいん？』と訊いたら、『霊が写ってるやん』と言うので、びっくりしました」

空に顔のようなものが浮かび、じっと被写体である広沢星子を見下ろしている、と指摘されたのだ。言われてみると、そのようなものが写っている。

「もう怖くなって。鳥肌が立ちました」

「あなたは、常日頃、そういうものを信じる方ですか？」

「半信半疑ですね。私は、ごく普通の人です」

〈普通の人〉なら、信じないまでも気味が悪くもなるだろう。どんな写真なのか実物を拝んでいないが。

「けれど、『きゃー、怖い』と騒いだりはしませんでした。『雲がそんな形になってるだけやん』と反論しました。そう思いたかったので」

「文倉君の反応は？」

「『疑うんやったら、霊感の強い奴に鑑定してもらおう。それ、一枚プリントしてくれるかな』って。『結果が出るまで、他人に見せたらあかん』って」

喫茶店を出た後、近くの写真屋で現像し、それを文倉明徳《めいとく》は持ち帰る。

「あくる日、学校で会うたら『ちょっと、ちょっと』と手招きして、『やっぱり浮遊霊やて。生きてる人間を恨んでるそうやから、すぐデータを消さなあかん。現像した写真はそいつに渡してきたわ。俺も持ってると危ないからな。お祓《はら》いして処分してもらうことにした』って。『もう大丈夫やで』って言うてたんですけれどね」

自分が転んで怪我をしたり、家族に事故や病気が続いたり、何かと不運なことが頻発するようになる。一番こたえたのは、年末と今年の二月に、彼氏と破局したことらしい。気の毒だが、三ヵ月で二度失恋できるのなら、そう心配しなくてもよさそうにも思う。

「それ以外にも、色々なことがうまくいかへんのです。あの変な写真を撮って以来」

色々なことがうまくいかないのは君だけではない。それが当たり前なんだ、という説教は慎んだ。すると――

「あれもこれもうまくいかない。そんなことは当たり前だ、とも思うんですけれど」

「前向きやないですか」

「はい。高校時代は、星子をもじってポジ子と呼ばれていたぐらいです」

「その割には、くよくよ悩んでるやないの」

真野先生が突っ込んだが、本人はけろりとしている。

「先生はあの写真を見てないから平気で言えるんです。あ、すみません。せっかく貴重なお時間を割いてもろてるのに」

真野早織は優しく微笑む。

「そんなことはええのよ。――それより、殺人事件のお話を有栖川さんに」

今度は家族が重大事件に巻き込まれたのかと思ったら、そうではなかった。

「支倉君は、ゴールデンウイークが終わった後、アメリカに旅行に行ったんです。帰ってきたのが、二日前。そうしたら、いきなり警察がやってきて、事情聴取されたんです」

彼と同じマンションで暮らしている男子学生が噂を流したのだ。昨日、キャンパスで見かけ、何があったのか尋ねてみると――

「支倉君の友だちの富士野研介君という人が不審な死に方をしたので、警察があれこれ訊きにきたんやそうです。彼と富士野君とは、第二外国語のスペイン語のクラスが同じやったんで、一回生の頃から親しくしていたみたいです」

真野先生が、小首を傾げる。

「不審な死に方って……殺人事件やないの？」

「あ、まだ断定されていないんです。姫路の郊外で、高いところから落ちて死んでいたんですけれど、事故とも自殺とも決めかねる状況で、罠に嵌まって殺された可能性もあるとかで、家の屋上の柵だか手摺だかが壊れてぽーんと――」

落ち着けよ、と再び思った。

訊き直すと、富士野研介はとある空き家の屋上に上がり、壊れた手摺にもたれたために崖の下に転落して亡くなったらしい。彼がそこにいた事情はまったく不明とのこと。

「警察が支倉君のところにきたのは、彼と富士野君とが激しく言い争っているところを目撃した、という人がいたから。それが誰かは知りませんけど、複数いたそうです」

「とんだ災難やわ」とぼやく支倉に、昨年の九月以来、自分の身に続く悲運の数々を話してなぐさめた。そして、今回の彼の「災難」も心霊写真に関わったせいでなければいいけれど、と話したところ、意外な事実を告げられる。

「彼が心霊写真の鑑定を頼み、処分してもらったのが富士野君なんやそうです。やっぱりあの写真は不幸を招く存在なんやないでしょうか。その話を聞いてから、私――」

「不安が入道雲なんですね？　なるほど」

私はコーヒーをひと飲みして、頭を整理する。

「富士野さんの亡くなったのは、いつ？」

「十六日頃です。発見されたのが十九日」

富士野の死は、当然ながら学校内で話題になっていた。だから日付を覚えているのだ。

「で、支倉君がアメリカから帰国するなり、待ちかまえてたように警察がやってきた、と。二人の喧嘩の原因は何ですか？」

「支倉君は『しょうもないことや』と言うだけです。馬鹿にしたとかしないとか、そんなようなことみたい」

本当にしょうもない諍《いさか》いだったのか、あるいは深刻な原因があったので言い渋っているのか。

「『支倉には刑事の尾行がついてる』『あいつに嫌疑がかかってる』と言う人もいます。富士野君が死んだ時、支倉君は間違いなくアメリカにいたのに。すごく変です」

警察は何か摑んでいるのかもしれない。事件について興味が湧いてきたが、当面の目的は広沢星子の不安を取り除いてやることだ。

「あなたが見た写真が残ってたらよかったんですけれどね。どんなものか想像はつきます。こんな感じで、空から見られていたんでしょう？」

そう言いながら、私は右手の壁を指した。マーブル模様の壁紙のある箇所。そこに、ぼんやりと顔のようなものが浮かんでいる。

「あ、嫌な感じ」

女子大生は眉を顰《ひそ》める。即座に〈顔〉を認識したのだ。

「二つの点の下に、それより少し大きくて横長の点。たったこれだけの要素を目にしただけで、脳は〈顔〉を見てしまう。ふだん最も大きな関心を払っているのが〈顔〉だからです。ここだけやない。ほら、そっちにも、あっちにもある。脳が無理やり認識したもんやから、どれも歪《いび》つな〈顔〉ですね。こんなものは無数にありますよ。店を出て空を見上げたら、一分間でいくつ〈顔のある雲〉を発見できるかな。こういう錯覚を心理学ではシュミ、シミュ――」

火村から聞いたことがある。懸命に記憶の襞《ひだ》を探った。

「シミュラクラ現象と言います」

「うーん」

手応えがあったので、さらに話を広げる。

「これは邪推かもしれませんが、支倉さんはあなたの関心を惹きたくて、心霊写真やなんて言いだしたんやないですか？　紳士的ではないけれど、若い男の子はそんなこともやりかねません。ありもしない霊を示して怖がらせ、『僕が処分してあげよう』と言って解決させ、自分に好意を抱いてもらおうとする。どうです？」

と言ったところで、私は面映《おもはゆ》くなった。広沢星子の悩みを解消してやれたら、真野早織から問題処理能力を評価してもらえる、と期待していることに気づいたからだ。「ボヴァリー夫人は私だ」と言ったフローベールに倣《なら》うなら、「支倉明徳は俺だ」。私の方から隣人に問題を持ちかけてはいないが。

「支倉君……私に気がある……のかな。いやぁ、ないと思うけれど」

まんざらではない、という様子だ。われながら人間心理の機微を突いた妙手を打ったものである。支倉明徳の本心がいかなるものか、会ったこともない私に判るはずもない。

「でも、気色の悪い写真やったんですよ。データを残しといたら見てもらえたのに」

「しつこいなぁ、広沢さん。有栖川さんの説明で納得できたでしょ」

真野先生は笑っている。

「ちなみに、それはどんな場所で撮ったんですか？」

「何の変哲もない田舎道です。すごく淋しいところでした。道に迷って、うろうろしてる時に『迷子になった記念だい！』と」

「誰かに撮ってもらったんですね？」

「いいえ。田舎の道って、だーれも歩いていませんよ。だから、自分にカメラを向けてパチリ。私、よくそんな写真を撮ります」

「迷子になって、心細い顔をしていたんでしょう。支倉さんは、その表情を魅力的に思って、あなたの写真を欲しがったのかもしれません」

うまく辻褄を合わせたと思ったのだが、これは藪蛇《やぶへび》だった。推論に綻びが生じる。

「えっ。そしたら、彼は写真を富士野君に渡してないんですね？　そこで『富士野に処分してもろた』って嘘をつく必要があるかな。……富士野君、亡くなったからバレない嘘やけど」

さらに言う。

「あの写真を見た文倉君、場所のことをやたら訊いてきたけど、それは照れ隠しなんですか？『ここはどこ？　不吉なところみたいや』とか『よくないことがあった場所やないの？』とか。だいたいの場所を地図に描かされたりしたんですよ。何もないとこやのに」

彼女の背景に写っていたのは、広々とした空、雑木林、叢《くさむら》だけだという。

「ちょっと変」真野先生が言った。「霊は空に浮かんでたんでしょ。不吉な場所やったら、木立の陰とかに現われそうやのにね」

先生、よけいなことは言わないように。と思いつつ、私もひっかかった。天空の顔や目がどれほどリアルだったのか知らないが、「これは心霊写真だ」と脅すのなら、木立や叢に〈顔〉が出現する方がそれらしいのではないか？　地縛霊とやら称して。

どんな構図の写真だったのか、手帳に描いてもらう。背丈ほどもある草が茂った田舎道だったようだ。そして、空に不穏な雲。

「場所は、東北のどのあたり？」

「青森県です」

「青森のどこ？」悩める女子大生に頼む。

「よく思い出して、地図を描いてみてくれるかな」

4

住宅地の中の小さな児童公園へと、支倉明徳は刑事らを連れていった。ねぐらのマンションからは少し離れている。近隣の者の目に触れるのを避けるためだろう。

昼下がりの公園には子供の姿もなく、ベンチに並んで掛ける。両側を野上と遠藤が挟むと、ふっと鼻で笑った。

「どう見ても刑事に尋問されてる不良青年ですね。まいったな」

「悪いな。俺が刑事臭くて。こいつだけならよかったんやが」

ぶっきらぼうに言ってから、野上は用件に入る。

「高校時代に鍋島さんのお宅にいたそうだけど、大学に入ってからは行ってないんだね？」

「お世話になりましたけど、出てからは足を向けていません。用事もないし、遠いし、行っても迷惑でしょ」

鍋島家は、支倉の遠縁にあたる。生家の家庭環境が複雑だったため、そこに預けられていたのだ。

「敦己さんにも晃子さんにもよくしてもらいましたけれど、遠慮しながら暮らしていましたからね。行くと気詰まり、というのも理由です。両親から仕送りがくるようになり、進学して大阪に引っ越せた時はほっとしました」

顔にかぶさってくる茶色い前髪を、神経質そうに搔き上げる。

「ほっとしたのは、鍋島さんの家庭が円満ではなかったせいもあるのかな。旦那さんも奥さんも認めているから、隠すことはない」

家長だった当時の社長があまりに横暴だったため、険悪を通り越して殺伐とした空気が支配していたという。そのせいなのか、支倉より三つ年上だった孫の敦也《あつや》がノイローゼとなって引きこもり、二十歳直前に踏切事故で死亡している。遺書はなかったが、遮断機を無理にくぐる姿を目撃した者がおり、自殺だったのではないか、と見られていた。

「まあ……敦也さんのこととか、色々とありました。出てから一度もあそこに戻らないのも当然と思うてください。――鍋島さんからそんなことまで聞き出したんですか？　富士野が死んだことと関係がないのに」

野上は、その問い掛けをさらりと無視する。

「その鍋島さんの別宅で、君の友人が不審死を遂げた。思い当たることがあれば話してほしい」

最初に訪問した時にもぶつけた質問だ。支倉は露骨にうるさそうな顔をした。

「『ありません』と、この前も言いましたよ。答えは変わりません」

「君が鍋島さんの親戚であることさえ、富士野君は知らなかったんやね？」

「少なくとも、僕は話していません。『高校時代は姫路にいた』というぐらいは言ったことがありますけれど」

彼が生活していたのは市街地の本宅だ。しかし、山の別宅に遊びに行ったこともある。屋上に上がったことも。

「その頃から、魔除けは置いてあったんや」

「ありました」

「手摺が壊れていたかどうか、判るかな？」

「いや、それは。揺すってみたこともないし、知りませんよ」

「昨日今日、切断されたものやない。誰かが故意に壊してるんやが、場所が場所だけに外部の人間のしわざとは考えにくい。犯人は何者やろう？」

野上は、上目遣いに相手の顔を覗く。自供を促す刑事の目だった。支倉は、首筋を掻くばかりだ。

「言いにくそうやな。鍋島さん夫妻は、正直にしゃべってくれたで。『死んだ息子がやったのかもしれません』と。高圧的な祖父さんをひどく嫌《きろ》てたから、『本気で殺すつもりではなく、ひやっとさせてやるつもりで手摺を壊すぐらいはしたかもしれません』とも。——どうやろ？」

支倉は重い口を開いた。

「家族の中の誰のしわざというたら敦也さんしかいてないでしょう。あの人……、お祖父さんに『しゃんとせえ。頼りない男や』と叱られっぱなしで、気の毒なほどびくびくしてました。お祖父さんを驚かすために手摺を壊した、というのは判りますよ。屋上に上がる人は、他にいてませんでしたから。手先が器用で、大工道具を使うのもうまかったし」

「『屋上に上がる人は、他にいてませんでした』と言うけど、君はあの置物のことを知ってた。あそこに行くこともあったそうやし」

「雑用を頼まれて行ったことがあります。その時に、いっぺんだけ屋上に上がりました」

「なるほど。——それにしても、ノイローゼの孫が祖父を驚かすために手摺を壊したんやとしたら、悲しい話やな。転落したら命にかかわると判るはずやのに」

そんな感慨を洩らしてから、巡査部長は質問を続ける。

「富士野君から、姫路にいた頃のことを訊かれたりは？」

「いいえ、別に」

富士野は庭の樫の木によじ登り、張り出した枝から屋上に飛び移ったと見られる。樫の枝振りがよすぎることを所有者は案じながら、盗まれるものもない家なので、そのままにしていたのだ。

富士野は身軽な男だったらしいが、危険を伴う行為だし、立派な犯罪だ。何が目的で不法侵入などをしたのか？　いくら聞き込みをしても、さっぱり見えてこない。

「君が富士野さんと喧嘩をしてたと言う人がいてる。二月だったという証言と、四月初めだったという証言があったね」

支倉は、ちっと舌打ちした。

「二回とも売り言葉に買い言葉で、口喧嘩になっただけですよ。この前もそう言うたやないですか。何べんも訊かんといてください」

「こっちは訊くのが仕事なんや。——派手に口論するというより、君がいじめられているようだった、という声もある。二月には『バレたら困るやろ』と言われたでしょう。何をバラされそうになっていたんやろう？」

「話す義務はありませんよね。プライベートなことです」

「富士野さんは、何かトラブルを抱えていたのか？」

「知りません」

臍《へそ》を曲げてしまった。

黙って聞いていた遠藤だが、野上の質問がとぎれたので口を開く。

「二週間ほどアメリカの西海岸を旅行してきたそうですけど、どうでした？」

「有意義でしたよ。英語が通じなくて焦ることもありましたけれど。外国でまごつくのも楽しいですね」

「春休みでもなく夏休みでもなく、新学期が始まって一ヵ月ほどで海外旅行。三回生ですけど、もう単位はたっぷり取ってあるんですね」

「そうでもないけど……。どうせ旅行するんやったら、ええ季節にしたいやないですか。五月は最高です」

「どんなコースで回ったのか、教えてくれますか？」

「十日にロスに着いて、留学してる高校時代の友だちのところに三日ほど滞在してから、サンタモニカに二泊して——」

鍋島邸で富士野が死んだ十六日頃には、サンフランシスコにいたと言う。その旅程に虚偽が混じっていたとしても、彼がアメリカ国内にいたことは間違いない。

しかし、遠藤はそのことがかえって気になった。いくら調べても富士野には自殺する動機が見当たらず、死に場所に鍋島邸を選ぶ理由もない。死に至った状況は単なる事故とも思えない。もしかしたら、手摺が壊れていることを承知している何者かにあの屋上に誘導され、事故死させられたのではないか？　いわば、犯人が自分の手を汚さずに済む遠隔操作による殺人だ。それならば、富士野が崖下に転落した時、犯人がアメリカにいようと月面にいようとアリバイにはならない。

そう考えると、現場についてよく知っており、事件前に富士野と諍いをしていた——脅されていたようでもある——文倉が俄然、怪しくなるのだが。